U0075634

親愛與星散

賴鈺婷・著

推薦序

親愛的，我們始終未曾分開
──讀《親愛與星散》

作家、臺北教育大學語文創作學系教授
郝譽翔

讀鈺婷的新作《親愛與星散》，不禁感到在淡淡的惆悵之中，又流瀉出一股溫暖，彷彿是在安靜而幽深的長夜裡，為讀者點亮了一盞柔美的燭火，是那樣的柔美，哀而不傷。

原來人生的宴席，到最後都是注定要走向離散，然而不論是暫時的分手，或是永遠告別，日後回想起來，竟都是最最親愛的記憶，如夜空之中點點不滅的璀璨星光，所以雖然說是「星散」，卻是恆久的不散。

在這本散文集中，鈺婷從父母的老病逝世，生離死別，再扣合自己個人一路成長的歷程；從昔日天真爛漫的少女，步入如今深思成熟的中年，乃至雙胞胎孩子出世，體會到為人母親的喜悅滋味。於是帶著孩子走入山林鄉間，指認島嶼故鄉的風景，鳴鳳古道、青龍山、廬山到孩子的山林初履，原本熟悉的景致，全都因孩子們一雙雙純真之眼的好奇張望；於是天光乍現，眼前的一切都萌生出了全新的意義。

這是人生的啟蒙，乃至再啟蒙，不論走到了哪一個年紀，三十而立，四十而不惑，五十而知天命，在轉了個彎之後，竟又是柳暗花明。

《親愛與星散》的輯三「靠近的練習」，更是這本散文可觀之處。鈺婷描寫她長年在教學現場所見到的孩子們，從陌生、抗拒，到彼此一點一滴相互靠近，因此窺見了在青春臉龐之下掩抑的創傷、渴望與愛。課堂上每一個沉默的孩子，身後都垂曳著一個巨大的故事，那是生命的重負，甩不掉的包袱，卻也蘊藏著生之力量的源泉。試想，如果不是有這些暗影的存在，又如何能夠映襯出光明的可貴和燦爛？

於是讀《親愛與星散》，逐篇追隨著鈺婷的生命經歷，竟發現我和她有如此多的雷同之處。我們都身為讀中文系的女子，也都從小就在文字的世界中尋求寄託，都同樣來到中年，已經歷了父母的老病，也深深體會到身為人母的喜悅，以及教養上的用心與疲憊，更長年站在教室的講台上教授文學，但面對著一屆又一屆的年輕孩子，張著純真發亮的雙眼，而我滔滔對他們訴說文學的美好之時，卻又不免油然生出一股疑惑，正如鈺婷在〈靠近的練習〉一文的自問：「文學是什麼？文意辨析、情意導引、資料講授或闡發探問……」，所以「我所傳遞、口說、演示的種種，那些來自於我的解讀衍伸、思考判斷、要求規範，就是文學嗎？」

文學究竟是什麼？我也不斷自問著。教授文學是我賴以維生的工作，但我選擇這條道路，絕不止於如此而已，尤其當我早就不復是一個懷抱浪漫詩情的文藝少女時，也早已經歷了成長的幻滅。如今的我，跨過了知天命之年，正是窺見了初老的深淵，體會到了臨崖履冰一般顫巍巍的不安、徬徨和恐懼，深恐下一刻自己就要失足或墜毀，而這時，文學真正的意義彷彿才逐漸向我展現。

原來這些文字串起來的，就是我們生命的旅程。而這一路走來，與無數的旅人在途中相逢，緣深者如父母和孩子，終究也只能相伴一程；至於那些在時空之中，偶然交會邂逅者，如課堂上安靜坐在台下聽講的孩子們，更是有各自的習題和旅行，必須要在有限的今生裡，獨自演練完成。

因此我很喜歡鈺婷的第一本散文集《彼岸花》之名，恰恰呼應了這本《親愛與星散》，就在於她點出了人生的真相：我們終究是要相互告別，獨自一人走向彼岸，然而通過文字的書寫，那些彼此靠近的親愛時刻，都被永永遠遠鐫刻在紙端。書寫就像是「追尋殘夢的線索，看清茫茫大霧中，纏縛於愛與憾的迷團」。而鈺婷是這樣說的：「我頻頻回望，在如夢之夢的現實邊界書寫。彼岸花開，灼灼其華，哀豔是時間焚燒的聲音。」

於是過了知天命之年的我，讀到《親愛與星散》，心頭又不免被勾引起許多前塵往事，而回首過往，更慶幸有了文學可以做為前導，引領我們穿越一切的愛與憾，歡聚與別離，並且在心中默默說道：親愛的，原來不論走了多久，我們始終未曾分開。

推薦語

鈺婷的散文，好看、耐讀。她一路流瀉的真情，容易讓人反觀自照，即使「星散」，仍可以「親愛」……

——汪詠黛．台北市閱讀寫作協會創會理事長

從賴鈺婷還叫花露水的時候讀她的作品，直到新作中，她回望青春，勇敢剖開生命的年輪，我聽見裡頭的風聲雨聲，才知道她這幾年面對人事流變，走過的來時

路，步步辛苦。她述說生命的圓滿與缺憾，心念流轉，情感收放自如，筆調哀而不傷，我喜歡這本書。

——果子離・作家

這是一本三代人的真情之書，也是賴鈺婷的心靈盼顧。溫厚、虔誠，直是她臨鏡映照，回眸和前望的祈禱，人間悲歡盡在其中。

——林文義・作家

賴鈺婷的文字裡有一股清香淡雅的甜美氣味，情真、誠篤、自然，那是良善性格揉合其中的顯現，也是她寫作的活水源頭。

——阿盛・作家

《親愛與星散》在幾條時間線穿梭，死之苦痛與生之喜悅交錯，它讓深埋情感出土，離散得以重聚。《親愛與星散》是愛的詩篇。

——唐毓麗・高師大國文系教授

每一個字都落在愛與疼的位置，無論是從夢境爬回來的，或是在現實中擁抱著的，都是傾注一輩子的深情。鈺婷的文字宛若一部《慈經》，是寫給星散的與親愛的心靈札記。

——陳美桂・北一女中退休教師

彼岸花開花謝，此岸果熟蒂落。生命是一條大河，隨緣而流。如來如去，能聚會散。留下的僅是微微閃現的花露，凝滴成水，於暗黑之中，似星光燦燦。人間有情，深深祝福。

——傅月庵・資深編輯人

從不斷在追悔與孤獨中回望早逝的父母，到走出傷痛、帶著雙胞胎幼兒四處行走的幸福，乃至教育現場對各種學生困境的不捨，賴鈺婷的溫柔筆觸，一貫鏤刻著「用情至深」的感人力量。

——廖振富・國立臺灣文學館前館長

我和鈺婷結的是文字善緣。她用真摯凝鍊的文筆，銘記人生之悲喜，讓讀者深受感動，與她同掬一把淚。

——蔡怡・作家

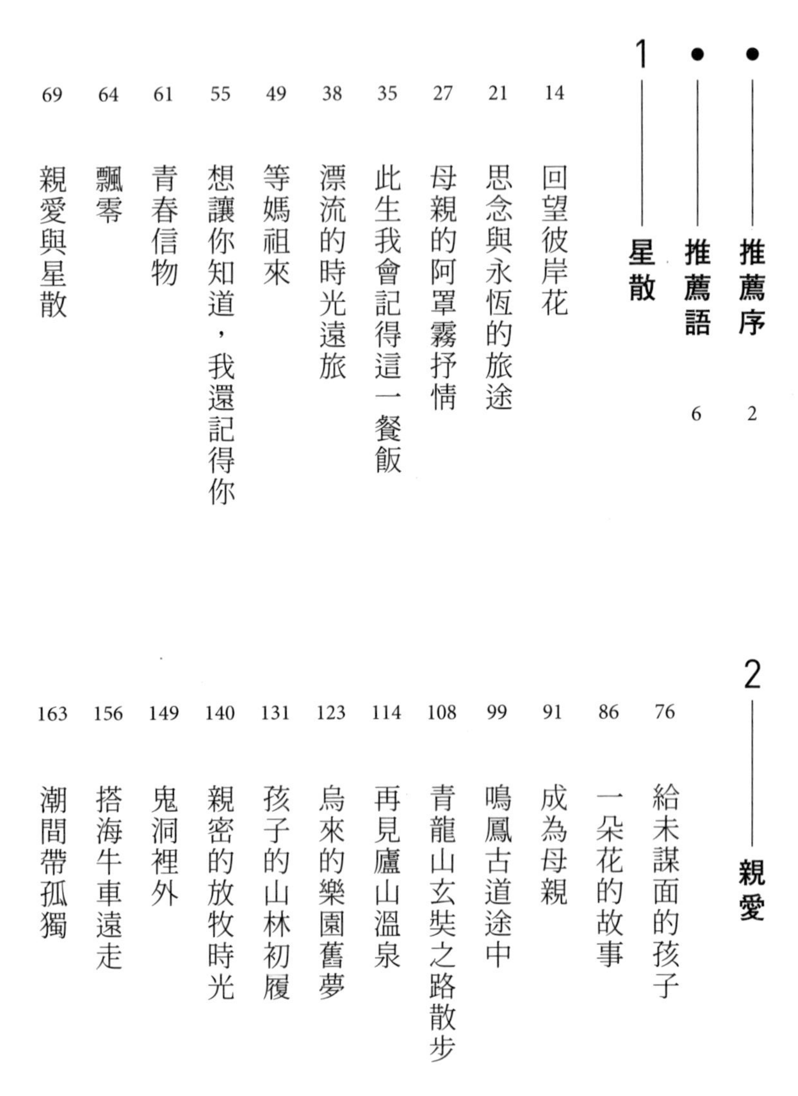

3 靠近的練習

後記

1 —— 星散

沙漏將盡，一眼瞬間。當下真真切切，因危墜而壓抑的聲腔，痛且含著眼淚。

回望彼岸花

不知道多少次做著類似的夢。居家場景，喧譁熱絡，一家人說說笑笑。尋常日子。畫面的色調靜寂無事，沒有主題。時間軸潮濕，逕自暈染漫渙。悠悠忽忽，故事像一張試紙，水痕擴散開了，卻不知時間在檢測什麼，該如何解讀。對白有時清晰，有時含糊。那是迢遙彼端，另一個我，和我們的生活。

總是這樣的。像是進入一段不知天荒地老的童年時間，時光倒返或凝縮至如如不動的時刻。

每天早晨，幼兒園娃娃車來到家門口了，我卻仍在床邊衣櫥旁哭鬧，不肯服從母親，安分套上她搭配的衣裙。拗著性子臭著臉，東挑西揀，又選不到合意的樣式。每天上學都是一場大戰，我永遠哭得淚汪汪，胡亂被裹上了從衣櫥裡掀出，撒滿床沿衣服堆裡的任一件，母親和隨車老師聯手，將我硬是拖拉出門，強行抱上娃娃車。一日之初，倉皇被拉離家門，狼狽、傷心、困惑而疲累。車行搖晃間，有時就在抽抽噎噎中，昏倦睡去；有時委屈倔強，聆聽自己急促的呼吸，望著小玻璃窗外流逝的晨光，隱約投影在窗面，臉龐上的淚影。

國中階段，初次感受升學壓力為何物的時刻。每日留校夜讀至十點，小鎮人家，店面早已打烊，櫥窗霓虹都暗了的夜色裡，我站在校門外，等待父親騎著他古董級的偉士牌摩托車，噗噗噗噗來載我。

不知是車齡老騎不快，還是父親習慣騎得慢，它一逕噗噗噗，是名符其實的代步車。「走路說不定還比較快呢。」我和姊姊總是這樣嘲弄著，父親也不以為忤。那是他自豪的美學之一，這古董可是有早已絕版的小圓轉速表，行家才識得的。

那些悶熱無風的夏夜、寒流來襲的冬夜，我在校門前等候父親的身影。

跨上摩托車後座，肩上是沉甸甸塞滿疲憊的書包，我側臉趴伏在父親背上，彷彿時空靜止了，卻又感覺它在噗噗噗的節奏中緩速流動。

穿過靜寂的小巷街弄，冬夏春秋，安心趴伏在父親背上。那是進入青春期之後，已然少有，挨著父親的氣味，回到幼時討揹討抱，撒嬌成性的小女兒樣態。

那些片段猶如夢的基調，滲入無法探知究竟的意識深處。那些或者由我想像、拼湊、縫補、詮釋，反覆勾勒描摹的曾經，如夢之夢，我和我們，牽繫著未竟之愛與終身之憾，在情境時空中，乞求命運的寬容。

書寫，像是為了追尋殘夢的線索，看清茫茫大霧中，纏縛於愛與憾的迷團。

世界太快，聲光逼人。切切寫下字句，縱然如同在海灘上種花，哪怕潮水淹來，花就漂走了，但明確存在於一時間的真實裡，以一己之力銘記光陰，不也夠了嗎？

內心迷惑，惘惘惶急，不知所終時，我問自己。掏挖血肉，直視記憶斷裂的破口，在遺忘之前，寫下心念，脫離個人悲喜之後，還能餘下什麼，對誰產生意義？

或者，為愛銘記的跋涉，無關乎他人，書寫本身即是意義的完成，毋須探問價值，追問赤裸於現實，告解懺情又有何益，值不值得。

父親病重的那段時間，我和姊姊輪流就著行軍床，日夜守在加護病房外的長廊上。

不時有一群人慌慌急急，簇擁著被緊急轉入的病床，從身邊經過；更多時刻，尤其是深更半夜，一群人從電梯口湧出，我不用睜開眼就能從他們的對話中分辨：這是葬儀社人員、這是要護送病人最後一段路的救護車司機、隨車護士，這哭聲來自女兒，不停講電話通告聯繫的是兒子……，他們倉皇備辦著突來的一切，準備接應親人從加護病房感應門內，被推出的那一刻。

爸、媽，或者代換為其他稱謂。汝出院了，要回家了，汝今往後無病無痛，要跟緊，我們回家了。

靜夜中，抑止不住的嚎哭，悲從中來的嚶嚶啜泣。張揚或隱微的哭聲聽來同等酸楚，在長廊邊克難而眠的我，拉緊棉被，閉緊雙眼，感覺背脊發冷、胸口緊縮。哄鬧一陣，簇擁送往的聲響消失於電梯口。長廊復歸於寂靜，像什麼事都沒發生過。

後來我才意識到，那一段睡醒眠夢於生死邊界的時空，是我生命中最感孤獨絕望的時刻。二十四小時，由慘白日光燈和過冷的空調組成的日日夜夜。在無望中守望，不時憂懼噩耗降臨。

我在簿本中記下無數蕪雜的思緒，悲傷地傾吐著自己身處針尖上、懸崖邊的境況。父親和我僅僅相隔一扇受管制的電動門，但我總擔心候不到下一個探視的時段。

我怕探視的時間太短，來不及護理他股間的褥瘡；怕來不及抓緊機會，詢問護士他的指數狀況；怕來不及一項項告訴他，女兒們輪流陪媽媽處理好了這項那項他會擔憂的事情。縱他的意識，時有時無；抽痰時，總是不自主地皺緊眉頭，神情痛苦。

病厄催逼，沙漏將盡。為了備忘而銘記。因憂懼忽略任一個微小細節，害怕錯失不知道還能把握多久的分分秒秒，我謹慎記下各項待辦的瑣細雜務，纏雜著雙向單向醫生說、護士說、媽媽說的種種片段。

我記錄著每一當下的飄忽思緒，心念流轉。腦海中漫湧著大量語彙，高壓洶湧，就要瀕臨潰決。我想向這世界，向冥冥操弄運命之手的誰，宣說討問更多時間。

太害怕告別的時刻真的到來，忌諱想像生死離散的情狀，我試圖回想父親的形象，他對女兒們的寬容與愛。想到什麼，寫什麼。那是我日夜守望在長廊邊，睡睡醒醒，神思恍惚間，藉以自持的力量。

父親去世後，我的第一本書出版了。名曰《彼岸花》。

彼岸有花，佛經中稱之為曼珠沙華。那是盛開在死亡之途，陰陽邊界之花。初次聽聞此花時，我竟不禁聯想起，那段守望在加護病房長廊上的日子。

相傳彼岸花開，能喚起死者生前記憶，情緣因果。在走向他界之前，藉以牽戀回望凡俗人世。花開為覺有情，卻又奈何斷情。猶如脫離痛楚的接引，花開之處，生死殊途，人間彼岸，終究僅能在花影間，匆匆回望。

夾雜著悲傷的思念，多像我最初的書寫。在曠闊虛無之境，放聲吶喊，滿腔心事，不知道喊給誰聽，也不管誰聽見。沙漏將盡，一眼瞬間。當下真真切切，因危墜而壓抑的聲腔，痛且含著眼淚。

父親去世已逾十年，我也不再是當年寫下第一本書時，那個大學剛畢業不久的少女。我常想起彼岸花的喻意，在備覺孤單無助的時刻，想像著守望、看顧與祝福。懷念無所顧忌的自己，愈來愈清楚，想寫什麼和敢不敢寫之間的距離。

生命中的問句，注定愈來愈多，常常想著，若是這時父母在，就好了。我頻頻回望，在如夢之夢的現實邊界書寫。彼岸花開，灼灼其華。哀豔是時間焚燒的聲音。不管最後還剩下什麼，保有心念，記得最初的感動，也就足夠了吧！

他流淚的樣子。像有千言萬語，卻口不能言。他的淚，那麼節制，卻又抑制不住。

思念與永恆的旅途

那年我剛大學畢業不久，肝硬化末期、反覆進出加護病房的父親，去世了。

我覺得自己還沒回過神來，還沒從拖著一只行李箱，南北奔波謀職的流浪感中安定下來。剛考上異地的教職，所有的心緒都繞著學校、學生、班級打轉，日子疲累而匆促。我還是個處處受家人庇蔭的大孩子，目光從來只看向自己嚮往的遠方，不知道時間那麼殘酷，無可違逆。

之於父親的病況，如今想起來，我是那麼被動而漠然。縱然死亡的訊號一次比一次淒厲駭烈，每當接起電話，都是病危的消息，因為無知，而有著隔了一層，並不切身的恍恍惚惚。

直到那沒有後來的一刻，醫師說父親的血壓正迅速往下掉，升壓劑已經在最高劑量，他們正準備對他施以電擊，讓我們有心理準備。然而加護病房的電動管制門再度開啟時，護理師說，家人拿壽衣進來幫他換上吧，趁身體還溫熱，肢體尚未僵硬。

那不是電視劇裡的橋段，是真的。但我和姊姊去哪裡找壽衣呢？那樣的字眼不曾在我們的腦海裡出現，我們不敢直面死亡的威脅，冀盼父親的生命仍有奇蹟和餘裕，還想著探視時要為他塗抹新買來、據說更為神效的褥瘡藥膏……。我們哪裡知道要在行李袋中預藏壽衣？

慌慌急急，救護員、擔架床一時間都到了，彷彿不容分秒遲疑耽擱，他們問：你們要送去哪裡？

一件件、一樁樁。死亡成了一連串繁瑣的流程。我們被事實推擠前進，連掉淚都沒有空隙。

要送去哪裡？父親是自己開車進醫院的，他的車還停在醫院的停車場。留守醫院加護病房外廊的我和姊姊，一時間不知道該怎麼反應。

當死別的時刻到來，心臟怦通通，思緒混雜，腦袋空荒。要回家了，爸，我們要回家了，我壓抑著聲線喃喃默喊，體內畏寒發冷，我的手腳唇齒都在顫抖。

如夢之夢。蔓生的細節無限擴張為夢境的底色。

我記得父親笑著的臉，著高中卡其制服，戴著大盤帽、著結婚全套西服，抹髮油梳紳士頭……，那些木格子抽屜裡散落的小小張黑白照片，留存著他遙遠的青春輝煌。我記得他年少的模樣，他在泛黃相紙上對著我笑。

真實情境中，更深的記憶，是他蹙著眉頭瞇緊雙眼，嘖嘖咬牙，虛弱喊痛。他說痛，他說痛。直到後來他什麼也說不了了。進加護病房看他時，他總是閉著眼，有時微微抬眼看人，像是為了回應我和姊姊的軟聲叫喚，他疲憊的眼皮緩緩撐開一小縫隙，安靜流著眼淚。

他流淚的樣子。像有千言萬語，卻口不能言。他的淚，那麼節制，卻又抑制不住。

生猶可戀。生無可戀。擺盪在求生與瀕死的渡口，不分晝夜。加護病房內，生命徵象監測儀器的運轉聲，取代分針秒針遞進的節奏，他的身上布滿管線：伸入鼻子的、探入口中喉間的、尿道的、血管的……，他的雙手被綁縛固定在床沿，手腕如枯枝乾瘦而脆弱，綁縛處都瘀出血痕了。

我常常想起他。想起那時年輕的自己。

病苦的極致是拖磨。眼見至親之人受苦，苦海無涯，何處是岸？雖然心裡明白，父親的病體終無痊癒的可能，我們還是衷心冀盼每次挺過病危時刻的奇蹟。只要有一線生機，都是上天垂憐，救命恩賜。

可是父親在針尖上來回跋涉，扭曲變形的併發症在他全身竄開各式疼痛，對應各式止痛、昏迷、緊急處置。一而再，再而三，來來回回，反反覆覆，猶若無間之苦。

有時我不免癡想，假若時光倒流，我有沒有勇氣，在需要家屬判斷時，不讓父親做無濟於治癒，僅是延長生命的醫療處置？我見過父親受的苦，常常想起他在流淚。

淚是愛的執念，還是了悟？伏跪靈前，手執銅板為杯筊時，我想問他。禮儀社人員教我潛心祝禱，如此這般跟隨複誦，上香稟告召喚。

（爸，女兒在呼喚您。）

（您回來了嗎？若是，請賜予允筊。）

（爸，女兒在呼喚您。）

（我們要去選您的長眠地，請您跟我們同行，給我們指示與靈感。）

我相信父親總是在的。不僅是因為連續擲出三個允筊。沉默寡言的他，總是以他的方式看顧著我們。他會聽到我們無依的叫喚。突然面對生死遽變，我和姊姊慌張而惶然，我們什麼都不會，什麼都不懂。

想來荒謬，父親生前，家人各忙各的，沒有什麼共遊的機會。這竟是我成年後，第一次邀請父親加入的旅程。

禮儀社人員開車，他規劃出一串中台灣熱門花園墓地、佛寺寶塔、生命園區的參訪路線，扣除掉已知座向不符或幾近滿載的標的。他事先已經傳了行情價目表給我。他說得直白，要先知道家屬預算，方便節省大家的時間。

大大小小，鄉下地方繁複的治喪細節環環相扣。現實不容許孤女沉湎於淚海之中，我們必須為父親打起精神。縱然自知涉世未深，內心徬徨無助，也要把自己武裝起來，學著分辨判斷，打理交涉各項喪務安排。

充當司機、導遊或仲介的這位禮儀社先生，言談老練輕鬆，像是我們正要去郊遊。他說是啊，老先生解脫了，往極樂世界去修行了，你們該為他高興。他說，哎呀你們姊妹都那麼孝順，老先生一定感到很安慰。

父親六十一歲，說來並不老。我想為他辯白，但辯白又有什麼意義呢？

我沉默著。在心裡輕輕叫喚父親。默默喊他，在心裡跟他說話。

在後來許多軟弱，不知所措的時刻，像是一個終生銘記的意象，我常想起那一趟選墓地塔位的漫漫車途。相信父親正看顧著一切。他一向都在。因而可以鼓起勇氣，不那麼孤獨。

母親的阿罩霧抒情

要用一生，帶你們細細辨認、嗅聞，
來自血脈、土地，守護與愛的芳香。

親愛的寶寶：

都說新生兒六個月之前因為有來自母親的抗體，不易生病。然而此刻，雙胞胎的你們正經歷人生的第一場感冒。你們不過是剛滿三個月的小嬰兒，初來乍到這混濁又溫暖的世界，看著你們因劇烈咳嗽而漲紅的小臉，我又不禁默默思念起我的母親，你們的外婆，她總是身體一顫一顫，虛弱咳嗽的身影。

初為人母，初次守在病兒身邊，想起的竟是身為一名女兒，守在母親病榻旁的往事：我記起母親懸念的山林，她是霧峰山區峰谷村的女兒，不論在醫院或在家休養期間，她提了許多次，或者哪天好些了，要回去走走看看的娘家。

不過是車程不到一小時之處，對於一個重病之人卻像個迢遙的心願。母親的身體沒有再變好，就像後來我所牢記的病容，她蒼白的臉因咳喘而漲紅，孱弱病鬱的氣息緊緊纏繞著她，奇蹟和盼望顯得那麼遙遠，沉重拖沓的病情令人傷感悲觀，而我總想像著她在病榻上一遍遍模擬回想：少女未嫁時的自己、和丈夫胼手胝足養育四個女兒的青春。

未嫁時，她身為大姊協助父親種作山林；成家後，和丈夫回到她的出生地，買地開墾。土地與汗水，愛與被愛之所繫，母親腦海中的家鄉印記是和家族的山嶺連結在一起的。那裡有她身為大姊，要替父母分憂解勞照顧五個弟妹的責任。她有四個妹妹，唯一的弟弟盛年早夭，她時常想著如何安慰山居的老父母，擔憂老父母無力種作後的山林。一如後來她病重時，掛念她和丈夫照看一生的土地，這一處的香蕉園、那一處沃土下的竹筍，漫山向陽的龍眼樹、需除蟲噴藥的荔枝園……。

病榻上，她精神好時總和女兒們說這些。一遍遍，像是在確認自己的記憶，又似對人世，對這一生，對所愛之人的依戀不捨。切切懇懇，叨叨絮絮，深怕自己來不及說，傳承不足，難以為繼，那麼或者她將有愧於世，帶著憾恨而終。

親愛的寶寶，你們這一生的第一場病，讓我憶起母親一生最後的病容。關於對親族與土地的牽戀，她告訴我的，我都想告訴你們。

記憶的路線，從通往山頂上她的娘家開始。我還記得幼時一幕幕車窗風景，父親開車，後座是三個姊姊，我坐在副駕駛座母親的腿上，五人座的白色福特轎車，載著一家子，遠足郊遊似地往外婆家去。

先是途經草湖，橋邊路旁是著名的芋冰城。小人兒念盼著母親買一袋芋仔冰當伴手禮。大里草湖的芋冰全台知名，聽長輩說，那可是當年蔣經國先生三番兩次到訪品嚐的最愛。早期的芋冰，大小如四方形冰塊，沒有單獨包裝，除了芋頭外，各種口味如牛奶、花生、百香果、鳳梨、綠豆、紅豆……，混搭秤斤兩賣。母親總是指名：芋頭口味多一點，其他各色平均。我年紀小，挨黏著母親腿畔，努力仰頭看著高高的冰櫃，眼饞嘴饞盯著被舀出的各色冰體，分辨那一塊塊一勺勺的口味。

我記得一口含入芋冰，那冰顫得麻舌凍齒的快感。那是母親對么女的疼愛，她代我向老闆指定：先來一塊百香果的。剛從冷凍庫取出的冰體方正有型，用牙籤叉取，將融未融還冒著煙一般的寒氣。我小心翼翼雙手持捧，儉省地含一下、舔一下，冷吱吱甜滋滋，通往外婆家的路上，這是一幕甜甜的風景。

車行穿越熱鬧的霧峰街市，過台灣省議會高大的牌樓。寬闊大路旁民居漸少，行至圓環往上，有個市場，周邊綠樹層層疊映的磚瓦眷舍，喚之為光復新村。那一處經過規劃配置的宿舍聚落，彷彿是另一個世界，是電視劇裡的場景。筆直齊整的街道、黑瓦紅磚森森庭園的圍牆院落，有一種不屬於外界光陰的距離光影，在車行途經的時刻，映入眼簾。

圓環邊的熱食小攤爐火大滾，大紅桌鋁椅凳臨街擺設，一碗麵、一碟滷味小菜，這邊落坐，那邊起身，鋁椅腳摩擦路面，匡啷匡啷的聲響成為一種節奏。

市場也是繁鬧的。不同於市區霧峰市場那種派頭規模，卻也是肉菜米糧蔬果俱足的補給場。宛如門界，車過光復新村市場便開始攀行山路了。

假日早上途經這鄉間山腳下的市集，總可見從山裡載運出蔬果，自產自銷的農民，農用貨車斗上一整車鳳梨，或摩托鐵牛車上，長落成串，一掛掛，新採青綠的香蕉。蔬果盛產期，收購價太賤不符工錢時，這樣流動的蔬果車攤便多了起來。販售者的身影，有時是臉色黧黑、身形佝僂，顯然勞動了一生的老者，有時是頭臉頸覆著花布防曬帽巾，僅露出眼鼻口的村婦，也常有跟著大人出門做生意的男女小童，有模有樣幫著叫喊、秤斤、裝袋。

地勢攀升，路形彎轉，當年的光復國中校址經地震肆虐後，已改為地震教育園區。緊接著山路左側，右側，夾道迎面而來是一大片臨路墳塚，腳下眼前層層漫漫。錯落雜陳的墓塋間，墳草搖曳，一種荒蔓陰森的氛圍遍地籠罩，我總緊閉雙眼，怕得不敢亂瞟。路途時而顛晃，有時便這麼迷濛糊塗，睡著了。

忽而轉醒，車行於彎窄旋繞的山路上。分不清那河那溪的名姓，後來查閱，莫非是乾溪？山壁險峻，山道綿狹。蜿蜒纏繞於山嶺谷地。村落的聯外道路，沿途是漫山分不清有主或無主的山坡果樹。連接溪谷和險峻坡坎的路段，是外公外婆的獨子，我的青年舅舅，深夜下班返家，駕車不慎墜落溪谷的喪命之處。

親愛的寶寶，那是幼年的我初次理解死亡。我們在舅舅魂斷的返家之路燒紙招魂。記憶的焰火，灼目熾熱。意外驟生，無常無情。他們說，那是白髮人送黑髮人，無可告解的運命悲哀。舅媽懷中抱著嚶嚶哭泣的男嬰，手上牽著剛會走路，不識悲愁的女娃。一個完好的家，突然就崩解了。從此之後，這條山路的風景中，多了一個掉淚的故事。

沿山路蜿蜒而行，路旁漸有零星屋宅。或水泥平房、黑瓦土角厝，或形制簡單的兩樓半透天厝。過教會、綠蔭林道，外婆家是這山間聚落中不可或缺的雜貨店。山間雜貨店，除了零食、飲料，還賣內衣褲、學生帽制服、雞蛋、米糧、豆腐、蔬菜……。亭仔腳有個站牌，候車的、路過的，常常當街聊起來。山裡的公車時刻固定，幾小時一班次。住在外婆家的夏日，坐在門前數算公車來一趟、去一趟，悠忽之間，便是寂寂無事的一天。

T形路右轉，是一間迷你小學，峰谷國小。山上的孩子，學校是最好的遊樂場。那自然也是到山裡作客的大人小孩，最常散步遊憩的地方。我記得操場上鐵製的盪鞦韆，濕濡的手心緊握著鏽蝕的鞦韆鐵鍊，足下蹬起黃土，鞦韆一擺盪，揚起一陣茫茫沙塵，身體盪行於半空，空氣中草葉和泥土的氣味。單槓、溜滑梯、跑道、籃球框……，好幾個夏天，我在這裡跑跑跳跳，感覺奔放舒暢的快樂。有著比我自己就讀的小學，還要親密親近的情感。

親愛的寶寶，這是日後一定要帶你們去的地方。縱然在我記憶中僻遠樸質的小學，在大地震後重建，已是個嶄新現代化的校園；外婆的雜貨店，結束營業多年，她去世後，阿姨將透天厝租人，如今亭仔腳擺置大香爐，是間民宅宮廟。

傍著山間溪水，昔日停放機具、鐵牛車的黑瓦平房，隔壁半露天的磚造焙窯都還在。那傳統磚造窯，有幾張雙人床那麼大，龍眼大出價賤之際，是外公外婆將龍眼剪枝帶殼烘焙為龍眼乾的地方。以龍眼木為柴薪，頂著悶熱暑氣，火烤煙薰，看顧柴火不可太熾旺，不宜太虛微。手持大耙子往復耙動鐵網上的龍眼粒，使之均勻受熱收乾，不濕霉、不焦黑。

我腦海中，父祖輩在龍眼窯前揮汗勞動的景象，依然如此鮮明。星移物換，這土方屋宅，蛛網密布，黑蚊嗡嗡。人事星散無繼，荒荒窯濕灶冷，空餘一室頹圮森冷的陰鬱。

親愛的寶寶，成為你們的母親後，我常默默思念我的母親，思念一家人往返聚首，彼時親近，而今遙遠的阿罩霧山林。母親一生掛念的果林山嶺，還守在那裡，猶如記憶的根，牢牢抓著泥土。如今這也是成為你們母親的我，悠悠的心事。想著：要用一生，帶你們細細辨認、嗅聞，來自血脈、土地，守護與愛的芳香。

此生我會記得這一餐飯

誰能叫停時間？既慢且快的分分秒秒，已然錯過，不可復得的種種，究竟還有什麼是來得及的呢？

那是個潮濕的日子。天空灰濛暗雲湧動，空氣中彌漫著一股將雨未雨的滯悶氣息，像是誰在倒數計時，暴雨就要傾洩而下。沒帶傘。懸著一顆忐忑的心，快步跑出醫院，等候川流車陣中的紅燈。母親住院的日子，我天天都要像這樣到醫院附近的自助餐店夾菜買飯，而這一天，護士說，母親的狀況不太好。到底是什麼情形，並不清楚。我和姊姊守在加護病房的管制門外，心裡著急卻只能乾等探視時間。姊姊要我趕快去買飯。

其實哪有心情吃？僅僅是為了該完成吃這件事，或是必得找事轉移不安的心神。匆匆買回便當，姊妹倆坐在長廊盡頭的藍色塑膠椅上，默默扒飯。樓梯邊的公共電話下，蹲著一個女人握著話筒在哭。醫院旁的自助餐，過了用餐尖峰時段，鐵盤見底，剩菜殘羹淹著湯湯水水，油花浮盪，打撈起來晃幾下，都還是滴滴答答的。

我記得那一餐飯的滋味。我和姊姊坐在窗邊，對著長廊那端的加護病房管制門，含進嘴裡的飯菜冰冷生硬。外面的世界暴雨轟然，街邊的黃燈，在漫著冉冉霧氣的大雨中不斷閃爍。救護車的鳴笛聲，時而嚎聲逼近，時而嗚咽消沒。眼前的世界像是靜止了，又像無關緊要，不斷飛掠快轉。

在屏蔽之內，安穩地旁觀暴雨，靜默地吃飯嚼菜。有一瞬間，我突然感到害怕，不敢想像，這樣守著醫院長廊吃便當的日子，說不定就要結束了？

像是一種哀愁的預感。便當都還沒吃完，加護病房的管制門開啟，護理師在門前張望叫喊。突如其來聽到母親的名字，我的心陡然一驚，顫巍巍擱下餐盒，小跑步應答趨前。

畫面慢速回放，冷冰冰濕漉漉，襯著窗外雷聲轟隆作響。

護理師說，病人的血壓一直在掉，醫師緊急處置，已經給了升壓劑。家屬要有點心理準備，取得共識。

我在心裡喃喃默喊，媽媽、媽媽。紛亂擁擠的時空斷片，以負傷的姿態飛掠而來。誰能叫停時間？既慢且快的分分秒秒，已然錯過，不可復得的種種，究竟還有什麼是來得及的呢？

回到長廊邊，收拾準備。勉強再扒幾口飯菜，收整餐盒到茶水間。此生我會記得這一餐飯，記得管制門內的母親，管制門外的我。浮沉在漫著消毒水的病厄氣味裡，轉身離去的心碎。

漂流的時光遠旅

恰如一趟漂流的時光遠旅，好不容易，來到這裡。前路漫漫匆匆，要往哪裡去？

大霧濛濛。我在霧中徘徊、張望。明明睜大了眼，卻什麼都看不清楚。

「我想去哪裡？能去哪裡？」

「回得去嗎？再也回不去了吧？」

二〇〇〇年代的我，擺盪在一連串的問句中。心情時常處於惶然無依的狀態，不確定下一步該往哪裡走，所謂前方，究竟通往何處？頻頻眷顧回望，卻不確定來時路，哪裡是歸途。

二〇〇〇年六月我從高雄師範大學國文系畢業，到台北市實習。拖著兩只行李箱，一次次征戰、流浪於各縣市鄉鎮的教師甄試考場。二〇〇一年在台北市考取正式教職。二〇〇三年父親肝硬化病逝。二〇〇六年出版第一本書《彼岸花》。二〇〇七年母親肝癌病逝。二〇〇九年決意回鄉，考取台中教職。

十年之間，島內游移。當時並不知道命運鋪排的情節，離散與變遷是我二十幾歲的青春，必須面對的基調。帶著身世飄零的感慨，我的二〇〇〇年代，猶如一段漂流的時光遠旅。在此岸與彼岸，往返去回之間，感受時空更迭，光陰虛無。

一九九九年九月二十一日凌晨發生九二一大地震。我的家鄉所在地傷亡慘重。我臥房中的玻璃門木製櫥櫃整座傾倒，大型吊扇基座橫空墜落，混著各式書籍雜物，壓砸歪抵著房門床鋪。門框被擠壓變形，門後堵著滿屋碎散的掉落物，無法進入，只能從變形的門框裂隙，窺探房內毀損的災情。

這是事後才知道的。事發當時，我人在高雄，在高師大女生宿舍芝心樓裡。我和室友們在劇烈搖晃中，從上鋪的床位驚醒，拉緊棉被、有人尖叫出聲，大家都嚇得不敢亂動。當時身處南台灣的我，並不知道自己剛逃過死劫，家裡的臥房受災全毀，如果身在其中，連搶救都有困難。

災害的可怕之處，是受災過後，回過神來，面對滿目瘡痍，已不可能如常的生活。陸續的餘震，陸續的坍塌，搶救與挖掘，捨棄與告別。鄉下地方，鄰里傳聞，這裡那裡，都是新聞媒體不及報導的屋毀人亡。

從一九九九年跨入二〇〇〇年初，很長一段時間，全家人就在透天厝一樓客廳打地鋪。因為知道地震來時，鐵捲門可能會變形，影響逃生，甚至連門戶也不敢關閉。

假日從高雄返家，深秋入冬的寒夜，冷風颼颼而入，我縮著身體，蜷入賑災鋪棉睡袋裡。好多次忍不住矇住臉，把頭蓋起埋進睡袋裡，又怕觸霉頭不吉利。但相對於在空地搭帳篷、睡車內、睡社區活動中心的街坊，我們家這一排由父親監工，親友合資興建的房子沒倒，已經相對幸運了。

收假回到高雄，一聽聞有感地震的消息，心便懸著家人。上次沒倒的屋宅，這一回還挺得過嗎？

九二一當夜，在一片大亂中，通訊電力中斷，開夜班計程車的五叔來求救：他們的社區大樓突然倒塌，底層下陷，樓面折斷，妻女都還在瓦礫堆裡。他不斷哭告央求：拜託大家趕緊去幫忙救！幫忙挖！

破損的水泥磚塊、裸露刺出的鋼筋，鄰里親族在一片黑暗慌亂中，如愚公移山，徒手挖掘。父親的腳被崩落的水泥塊砸傷。

災難會過去，留下傷口成為疤痕。

二〇〇〇年代是養傷的年代。家鄉的鄰里親族，很多人住進賑災組合屋。街上民宅、機關或校舍，每一處全倒、半倒、塌陷、毀損的危樓，都是大劫過後，怵目驚心的現場。五嬸被救出後，因為驚悸創傷，接受心理諮商精神治療。他們的女兒，我的堂姊，被壓在床鋪和梁柱之間，受傷最重。若不是擁著大抱枕入眠，護住心臟，壓斷肋骨的鋼筋水泥塊，恐怕也將刺穿她的心肺。

傷害的瞬間過後，是漫長而苦痛的醫治復健之路。

從加護病房、普通病房，直到出院，堂姊挨著一次次手術、清創、重建、整形的苦。出院返家，不代表康復。更何況房子倒了，家當沒了。住進臨時安置所、組合屋，在今昔之間憂懼張望，在公聽會、協調會、自救會紛雜的話音耳語間，勾勒曠日廢時的責任歸屬、官司、補償、賑濟與重建的將來。命運作弄，回到傷病之前的日常模樣，已經是不可能的事了。

父親的腳粉碎性骨折，拄起了拐杖。歷經手術、復健，輔以各種膏藥偏方，卻也難回到完好無傷的狀態。

像是一個巨大深黑的洞穴。假日返家，我拿著手電筒，往我那受災慘重，卻僅能推開一小門縫的房間窺探。

房內時光，封存於地震當下。負笈他鄉，簡便行囊之外，成長過程中，小心收納的書本、信札、日記、相簿……，種種青春眷戀，散亂埋掩於不得而入的黑暗中。

「角度的關係，門堵死了。要從木板隔間敲掉。」上個世紀末的事故現場，遺跡一般存在。像一則隱喻，在破壞之後，只能以更大的破壞，換取善後、重建的契機。然而，情感記憶的善後、重建，哪裡是容易的事呢？

父親於二〇〇三年四月逝世。在那之前進出醫院、加護病房，幾度挨過病危，又好幾度食道靜脈瘤破裂大出血、肝昏迷……。

當時，我太年輕了，不懂距離的意義，以為家始終都在。從高中就離家，假日返家，目見耳聞父親日漸嚴重的肝硬化併發症，也沒有太切身的懼怕擔憂。

大四畢業，我自行略過家人期盼我回鄉的可能，選擇到台北市實習，如今想來，那時的我，只考慮自己的意願發展，甚至沒有將陪伴家人、陪病父親，列為選項。

二〇〇一年到台北淡水、北投，直到二〇〇九年七月返鄉。我的二〇〇〇年代，是一段來回穿梭於異地與故鄉的時光。

週五下班後，趕搭長途客運返鄉，週日下午北上。每周奔波於途，父親在家，我就回家；在醫院，我就住醫院。父親在普通病房，家屬有陪病床可安身；他在加護病房，我就在門外長廊的塑膠椅上打盹。那時智慧手機還沒問世，流行用MP3

播放器聽音樂。車途中，醫院長廊上，無數個獨自奔赴或離去、靜默守候或暗自祝禱的時刻，耳機內的樂聲就是我孤獨的依靠。

父親頻繁進出加護病房，不治而亡之際，恰是舉世疫病蔓延的時刻。名為SARS的病毒，前所未見，全球陷入了感染、發燒、死亡威脅的恐慌中。電視新聞快報不斷更新放送醫院爆發內部感染的案例，每位醫護人員、住院患者、陪病探病者，全都成了暴露在不明感染源下的高風險族群。

疫情不斷升溫，一則又一則院內感染的報導，讓醫院的每個角落都彌漫著杯弓蛇影的猜疑。SARS病毒的傳播力驚人，全民的集體焦慮，反映在放眼望去，每張緊掩著口罩的臉。

長時間睡眠不足，身心失調，我總處於頭暈腦脹、全身疲乏燥熱的狀態。都說發燒是SARS感染傳播的指標，每到一處都得接受體溫量測，據說體溫異常，就會立即通報隔離。每當遇到體溫檢測站，我都像心虛的嫌犯，想逃避臨檢。內心脆弱地幻想著：假如不幸染病，我一個人在異鄉，舉目無親，該怎麼辦？

我的袋子裡隨身攜帶電子體溫計，疑神疑鬼時，就拿出來量。體溫計夾在腋下，有時根本夾不到位，明顯失準。量來量去，半信半疑，難有確信的安心。

在台北，週一到週五的上課日，最是煎熬。

為了防疫，不能開冷氣。老舊的教學校舍，悶熱不通風。教室裡，四十幾位學生揮汗聽課，牆上的電扇喀吖喀吖嗚轉。我將教學麥克風音量轉大，仍不敵教學區隔音不良的相互干擾。講課的聲音被裹在口罩裡，得出力、吃力，近乎用胸腔心肺的力量，大聲喊說。

連續幾日，聲音沙啞。喉頭紅腫疼痛，內心又怕喉嚨發炎，導致發燒。喉糖、喉片、蜂膠、八仙果、澎大海……，各式爽聲潤喉的產品，當藥吞、當水喝，愈是講不出聲音，愈是用力扯著喉嚨講。

一週有將近二十堂課，終日戴著口罩說話、趕課。呼出的鼻息熱氣、話語起落間飛噴的濕氣口沫，混著髮際額間滴落的汗水，牢牢附黏在臉上。每次下課，摘下口罩，臉頰、嘴唇、下巴，口罩覆蓋之處，都是濕的。汗水、口沫、油脂、熱氣，在我嚴密覆蓋的口罩之下，蒸濡鬱積，大面積泛紅蔓生濕疹、粉刺、青春痘。熱、癢、刺、痛。皮膚科醫師叮囑：盡量不要悶著，要讓患部透氣、通風。

大疫當頭，在學校授課，幾乎整天戴著口罩。我的臉又紅又腫，幾顆爛瘡生根發膿，不忍卒睹。摘下口罩時，看著滿臉病灶，灰心不已；戴上口罩時，想著醫囑，不知道這樣悶出病來的日子，還要持續多久。

父親彌留、逝世之際，我的人生，突然受了重擊。無數陪病守望的時光，雖然也想像過死亡的可能衝擊，可是真正面臨生死交關的瞬間，還是不禁畏縮膽戰，慌了手腳。

臨別時刻，加護病房的醫師詢問，病人的生命徵象逐漸消失，要施予急救嗎？

那時，我和姊姊請了長假，日夜守候在加護病房外，等著一日三次，開放家屬探視的時段到來。流浪在長廊上，蜷縮著意志，眠夢睡醒都不得安穩的日子，一如既往。直到這天，醫生突然從管制門內走出來，高喊父親名字，找在場家屬。

姊姊哭著說：救！怎麼能不救！

之後回想起來，都覺得殘忍心痛。被病苦折磨，瘦成皮包骨的父親，胸口留下電擊的灼燒印痕，好幾根肋骨在積極施救下斷裂。我和姊姊兩人獲准進入管制區，為搶救無效的父親換下病服。當我拆開父親的紙尿布，不知在何時失禁的糞便，沿著他的胯間溢流而出，那畫面太寫實，氣味太嗆人，我竟按捺不住努力壓抑的情緒，掩面嚎哭。

父親臨終之際，還因子女的慌亂無知，受了無謂的苦。每當想起這些，便覺得心痛懊悔，自責不孝。但逝去的種種，已經無法重來了。

二〇〇六年我出版了第一本散文集《彼岸花》。那是盛開在死亡之途，寄寓悲傷與思念的花語。

彼岸有花，灼灼其華。花開不見葉，出葉不見花。迢迢漫漫，花葉永不相見。猶如生死懸隔，徬徨徘徊。回望青春，那是我一個人的追悼與追尋，追憶與追悔。

母親於二〇〇七年十一月，因肝癌逝世。父親去世後，母親獨居台中老宅抗癌。兩瓣肝葉間十幾公分大的惡性腫瘤，以各種不適症狀，消磨她日常的意志。我和姊姊每個周末搭高鐵來回，陪她吃飯、看電視、說話。極其家常的，陪她過日子。

母親說，到了最後，她不要急救。平靜離開就好。母親說，你們姊妹獨自在外地生活，要記得按時吃飯，不要常熬夜。

她逝世前兩週，恰是我生日。週日離家赴北前，我特意買來蛋糕，說，「蛋糕是買來送給媽媽的，謝謝媽媽，謝謝媽媽辛苦養育我，把我栽培到這麼大、教得這麼好，真的很感謝媽媽……」說得聲音哽咽，眼角都含淚了。母親難得撐坐片刻，欣然喫下一小片乳酪蛋糕……。

那是長大後的我，第一次跟母親告白說愛。當時並不知道，那竟也是母親清醒時，我和她最後一次的告別。

這麼些年過去了，我總感覺有一部分的自己，遺留在二〇〇〇年代，特別是母親逝世那年。二〇〇九年我從台北返鄉定居，可是父母都不在了，縱然回鄉，我仍是無家可歸的孤女，心裡時常湧現不知該向誰告解的悲哀。

父親病故時六十一歲，母親癌歿時五十九歲。我常常以此比對自己的年齡，明白韶光有限，青春無可倚恃。恰如一趟漂流的時光遠旅，好不容易，來到這裡。前路漫漫匆匆，要往哪裡去？讓我好好想一想。

等媽祖來

性格潮濕、傷感，總不明白命運的鋪排。或許，我一直在等待媽祖，或是某個誰的到來。

遶境進香第八日。

天候不是很穩定。天色陰灰，密密覆蓋著濁白暗影。空氣潮濕，悶蒸鬱鬱。雨隨時會落下來。

為何而來呢？我問自己。彷彿沒有堂皇因由，只是純粹動心起念；又像心中有說不清的隱隱繫念，覺得這是一趟該走的路。

專注於步行的時候，雨淅瀝瀝落了下來。四野空曠蕭瑟，風颳起沙塵，迎面撲來的斜風細雨愈來愈大，我的眼鏡鏡片濕濡起霧，雨水滲入嘴角嚐來鹹而冷涼。第一次用走的，走在曠闊、綿長而無遮蔽的海線省道上，感受海線鄉鎮的雨。

從背包翻找出輕便雨衣，套上。心情篤定無畏。我的前方、後方，同路或對向，都有在漸大雨勢中，堅定往前走的身影。善女良男，或老或少，他們為了什麼而來呢？走在這樣風疾雨驟、無所依傍的公路上，他們是否和我一樣，內心不由得扣問起自己的初衷？

我想起多年前的那場大雨。雨中阿嬤牢牢抓緊我的手，冰涼的雨水不斷從我被高高抬起的指縫間，順著手腕，滑入不合身而袖口鬆了的兒童雨衣裡。感覺有一尾、兩尾乃至於無數尾小蛇冷顫黏答，吡茲吡茲，滑溜觸擊膚表。

我的掌心被阿嬤捏得發汗，手臂雨蛇紛流，腋下濕濡一片。我抬頭望著阿嬤，最初吵嚷著「要跟要跟！我要跟！」的熱情已經消褪，雨勢愈來愈大，防不勝防最終潑上臉頰，我們在等媽祖。「媽祖婆、媽祖婆……」，我在心裡迭聲喃喃叫喚，「祢佇佗位？」

尋聲。翹首。企盼。猶如囈語。反覆唸誦的祈願，僅是盼望媽祖的到來。

雨下得很大。我們終不得不暫避至人群窄擠的騎樓。落難狼狽之際，尚且慶幸就近還有個容身之隙，可以暫時避一避；無畏暴雨的考驗，路上仍有許多堅定前行的身影。媽祖的神轎也在雨中，在眾人的繫念裡，就快到來。

獲知消息，「涼傘」快到了。一時間眾人慌急打理，在義工指揮下，排起長長的隊伍，準備「稜轎腳」。萬頭攢動中，阿嬤緊拉我的手，一退再退，最終找到列隊處。

我沒忘記阿嬤如何再三叮嚀：雙膝跪下、身體伏低、雙掌貼地……，看到涼傘，表示神轎到了，就要趕緊趴跪俯伏，記得稟告姓名、生辰、住址，感謝媽祖保佑，祈求平安長大。

當年的雨，多像今日的雨。父母逝世轉眼已經十多年，我也不再是阿嬤屢屢望著我落淚，感嘆「爾父爾母死得太早」，那個小女孩。

隻身北上求學、謀職，偶爾返鄉。當阿嬤終究老病壽終，我成為一名真正的孤兒。無家可依、無鄉可歸。一個人吃飯，一個人過年過節。蝸居在異鄉大城裡，努力混一口飯、爭一口氣，感覺現實擁擠競爭，心卻空洞洞的，飄蕩不著邊際。

內心軟弱，徬徨困惑，不知能向誰傾訴，找誰商量的許多時刻，我總不免想著：如果爸爸媽媽、阿嬤還在這個世界上，該有多好。

備感孤獨時，我在心裡默默對他們說話。一遍遍告訴自己，冥冥之中，會有來自摯愛至親的看顧與祝福。

常常想起和阿嬤一起等媽祖的那場雨。紛亂大雨中的我們。想起阿嬤教我俯首斂眉，伏低趴跪。

這麼多年過去了。我像是個長途跋涉的旅人，終於來到這裡。

四界鑼鼓齊鳴，煙火炮竹漫天炸開。我在等候稜轎腳的人龍裡，兩兩一路的隊伍，沿著遶境、駐駕路線綿延，不知道多長多遠。

排在我前面的是個穿鐵衣駝背枯瘦的老婆婆，她兀自說著自己清晨從彰化坐火車來，她很擔心自己龍骨剛手術完，動作慢緩，神轎來時倘若趴跪困難，動輒得咎，該怎麼辦？

排在我大後方的粗獷男子，腋下拄著拐杖，左膝以下大面積細紮著紗布。我聽見他跟旁人的對話，工安意外傷了他的腿，輾轉求醫，始終不見好。胸前揹巾環抱著嬰孩的母親、懷裡揣著一袋親友衣物的老伯……，每個人都有各自的曲折與因緣，感念與祈願。

我靜靜看著身旁四周，籠罩在雨中的身影，像是閱讀一則又一則帶著盼望光亮，虔敬苦行、喜願鵠候的因由故事。

眾人在沿途工作人員的指揮下，以手臂長為單位，拉開足以容納俯身伏跪的距離。我一邊觀察周遭，模仿學習，一邊回想阿嬤最初的教導。

我想向尋聲救苦的媽祖祈求什麼？不甚圓滿的日常，微苦微樂的悲歡，如斯細瑣幽微。我又該怎麼概括敘述，那些看似微不足道的小事，如何在平淡的日子裡掀起波瀾，讓我成為如今的我？

我的心裡一直下著雨。性格潮濕、傷感，總不明白命運的鋪排。或許，我一直在等待媽祖，或是某個誰的到來。

而今我在曠闊擾攘的公路上，跪伏在雨中。我的掌心貼地朝上張開，牢記阿嬤的叮嚀，喃喃稟告自己的姓名、生辰。謝謝媽祖一路上的眷顧庇護，冥冥中的安排與祝福。

感覺臉頰刷過熱氣，耳畔傳來轎班隊伍簇擁神轎，凌身而過的喧鬧。一感覺到有人拍擊我平趴的後背，示意可以站起來時，我趕緊將手掌心牢牢握緊，領受媽祖給予的愛與福分。

起身。向後轉。朝媽祖神轎，雙手合十、鞠躬致謝。像阿嬤當年教我的那樣。不由得思念起阿嬤。我心裡默想著；阿嬤，謝謝您。放心吧。您看，您把我教得很好，縱使如今只有我一個人。我不會忘記，我坑坑坎坎的成長路上，我們一起等媽祖來，祖孫倆相依的時光。

內心飄搖，覺得無所依傍時，我像書裡的奚淞，對川川說話，身體蜷縮在被子裡，偷偷掉淚。

想讓你知道，我還記得你

我的啟蒙記憶裡有幾本書，書名深深鐫刻在我的腦海。始終相信一個人的生命底蘊，在啟蒙時期就已經奠定了。閱讀的濡染、教養會不知不覺滲入成長的肌理，化為情感的紋路、思考的骨架。

與書的初戀與相契，彷彿也沒有特別堂皇的因由可以解釋。那是直觀而肯定的鍾情，無法說清為什麼是它，不是其他。一切都是因緣聚合下的偶然發生，也因為偶然，讓不期而遇的最初，帶著命定的色彩。

我的閱讀，應該算是相當早慧。我有三個姊姊，身為老么，愛哭、好強、爭勝，所有么女最不討喜的特質全都具備。和姊姊們相處，我總不甘心被說：你還小！所以還不能……，所以還不會……。我明明就已經長大，我是大人了，你看，我也會這個，也愛那個，超乎你能想像，一點都不是你們以為的小孩子。

為了維護「小大人」的尊嚴，我的閱讀範疇直接豪邁跨過童書繪本，大我五歲、四歲、三歲的姊姊們看什麼書，我也跟著看。我喜歡加入姊姊們的話題，看姊姊書櫃裡的書。我模仿三個姊姊的少女樣，看整本都是字，沒有插圖，印得密密麻麻的文學書。

每當鄰居或到訪的親友看到我捧著書本讀的樣子，總是誇張稱讚：這麼小就懂得看這麼有氣質的書哪。小學時期的我，陶醉在模仿成為文藝少女的虛榮裡，超齡閱讀，讀了許多半懂不懂，似懂非懂的書。

印象中，彼時大姊愛《紅樓夢》，上中下三大巨冊，不僅用紅筆畫了紅線，生難字還一一查字典；二姊愛三毛，床邊三層櫃裡，《撒哈拉的故事》幾乎要翻爛了；三姊愛張曼娟，《海水正藍》、《緣起不滅》一系列……追星似地仰望收藏。當時年幼的我，並不知道姊姊們也正以超齡的姿態，跨步閱讀、認識她們經驗範圍外的世界。

我徘徊在姊姊滿是少女情懷的書架邊，想追上她們成長的腳步，成了超超齡的讀者。

那些閱讀的時光，鮮明而深刻。像是在心底撒下種子，在腦海中暈染色彩，不知不覺開了溫柔的花，情懷縹緲，若無其事，若有所寄，說不上來的情思感動，比擬附庸，彷彿神祕連結，虛無又真確。

超齡愛書之最，根植於腦海心底的名字，是奚淞《給川川的札記》。

這本在一九八八年由皇冠出版社發行的書，出版時我還不滿十歲。我已經遺忘這本書原先隸屬於哪個姊姊。在那個只有實體書店的年代，究竟是哪一個姊姊，在小鎮文具店的書架上，看了書名、翻開書頁、閱讀了幾行幾段文句，決定動用有限的私房壓歲錢（我們平時沒有零用錢），買書回家？

無論書是哪個姊姊購入，推算起來，當年也不過是十幾歲的中學女生，那還不識人間情愁滋味的年紀，真的懂得《給川川的札記》中，那種哲思寄寓飽滿，難以言詮，欲語還休的幽幽情愁嗎？

那時還不到國中生年紀的我，從姊姊書架上拿起這本書，然後一而再、再而三翻讀。後來，幾乎是長期持有、接收了這本書。川川是誰？我根本不知道。但我跟著一則則札記，陪著奚淞向不知道在某處的伊人呼喊。

（我在叫你，你知道嗎？）

（這些那些，所有的一切一切，都想讓你知道，都想跟你說。你知道嗎？）

那種不斷呼喊的柔情、盼望，帶著孤獨的氣味，彷彿小心翼翼，不敢驚動，如此深情熱烈，卻又戒慎節制。

回想起來，是這樣的感覺觸動了我。我一遍遍閱讀著，像是聽到奚淞對著樹洞傾訴日常，他說川川、川川，把心都捧出來了。我不是川川，可是讀著讀著，卻默默流了淚。

那種睡前倚著床頭，就著微弱夜燈翻讀幾頁，闔上書本，拉著被子閉眼躺下，漆黑中，無端感到生命的本質原來那麼荒涼。我所理解的，所不理解的世界，像是籠罩在茫茫大霧之中，我在心底默默呼喊著，川川、川川。內心飄搖，覺得無所依傍時，我像書裡的奚淞，對川川說話，身體蜷縮在被子裡，偷偷掉淚。

說來可笑，卻是真的。無端的戀慕，無端的感傷，那種十幾歲小女孩要轉身一變成為少女的多情善感。那些千迴百轉，情愁不已的時刻，我還記得真切。

初讀《給川川的札記》，已然是三十年前的事情了。但那本書的模樣、質感，乃至於書裡的好些句子我都還記得。

我記得它溫厚的牛皮紙質封面，微黃的紙頁。我記得奚淞落筆行文間無端呼喊川川的樣子。川川忽而遠去，忽而靠近，我好像看見內在深沉孤獨的自己。多想有人分享生活裡叨叨絮絮的瑣細，多想將身體裡飽漲的意念拋傳給誰。當現實那麼粗糙，世界如此擁擠，好想呼喊我的川川。

我有一股向世界吶喊的衝動，心裡有好多話，卻不知道足以向誰傾訴。

我要如何說清我自己？說清那些生命中的熾熱與暴雨？無從投遞的心情，無以名狀的情懷，無來由的青春哀愁，看似微不足道，但少女的心痛和眼淚，都是真的。

我開始像奚淞那樣書寫。一字一句描繪懸崖上不確定的風景。用第二人稱「你」，跟不確定的自己，跟大霧中恍惚不見的伊人說話。

像是一種隱密的告白，帶著敘述的色彩，試圖用文字說解、釐清現狀，一遍遍確認自己的生活。又像一人分飾兩角，孤獨而清醒的心靈對談。

後來的許多時刻，我常常想起川川。想起讀《給川川的札記》時的自己。《給川川的札記》絕版久矣。我的藏書早在距今二十多年前的九二一地震中，掩埋於家鄉的碎瓦之中。我能依靠著二、三十年前的記憶，書寫對於一本書的愛嗎？

我想起多年來銘鏤於心的句子。「川川，就在此時，流逝中珍貴的片刻，很想拉住你的手，去看春日，去看天涯……」

大疫之年，人心戚惶。日子如此輕易，卻又好不容易。我決定寫下這些。

川川，想讓你知道。那麼多年過去了，我還記得你。

注：《給川川的札記》絕版久矣。就在此文完成之際，重新推出新版，名為《給川川的札記：2021傳愛版》（聯合文學）。冥冥中，書與人的故事，彷彿有奇妙因緣。

青春信物

你與他的信物，竟是由想像失散開始。而所謂璧合，依靠的卻是迢遙的思念。

自抽屜底層取出小心收放好的石墜子。拇指印大小的表面，注音著「ㄆㄥˊ」，薄脆不規整的右切邊，土黃色的紅磚觸感，像是一半剛被掰開的手工餅乾。餅乾背後，極其慎重刻鏤著半枚長條騎縫章。

冬天的澎湖。你記得彼時漫天覆地颳起倨傲的暴風。風中，你似剛學步的小孩，顫巍巍隨時會被吹走。天象險惡，陰風怒嚎，排空濁浪轟然擊上堤岸。浪花碎散，猝不及防潑濕你的手臂你的臉，你竟也不驚慌躲避。

因他牽著你。

極其純粹的。你便覺得足以走向天涯海角。哪怕迎向末日，有他牽著，彷彿你也可以果敢堅強，與他，安安靜靜等待夕陽。

你記得被寒意颳痛臉，眼球快凍傷的燒灼感；記得攤開雙手，深深吸氣，胸膛漲滿的海洋；記得一路小聲哼唱，卻總七零八落，唱不全〈外婆的澎湖灣〉。你記得天旋地轉的快樂，記得與他沿路繫上的銀鈴笑聲⋯⋯，這些抽象的片段你都沒忘，何況是唯一具體跟隨著的「ㄆㄥˊ」呢？

石墜上刻著「ㄆㄥˊ ㄏㄨˊ」二字，從中不規整切割成兩半，每半各一小孔，繫著墨綠長線。你興致勃勃，像是發現人間至寶，急忙拉他來瞧。或許，一直到現在，你心裡始終有個長不大的小女孩，你甚至天真想著，這將是專屬於你與他日後漫漫人生裡的「ㄆㄥˊ」與「ㄏㄨˊ」。當你們各自佩帶在胸口，隨順著呼吸吐納、心緒起伏，如護身符香火袋那樣，便足以牢牢銘記此刻千真萬確的感動。

你甚至覺得，這是重要的象徵物。不規整的裁切面，讓兩個一半是彼此世界上唯一的對方。你笑著拆開包裝，將其中一半拿給他，極其天真的，你記得自己孩子氣的口吻：將來如果我們失散了，要用這個相認唷！

唷。你動不動就要加在句末的語尾。

無限少女的，你將兩半石墜，視為彼此在茫茫人海中相互指認的信物，見「ㄆㄥˊ」思「ㄏㄨˊ」，見「ㄏㄨˊ」思「ㄆㄥˊ」，你想，你與他將是拆解開來便無法單獨解釋的「聯緜詞」，你們注定要彼此完成，在對方的眼眸中，徘徊、流連、恍惚、呢喃、躊躇、匍匐……，生命的意義才能完整。

如此輕易燦爛的青春。

後來你才發覺，自己的傻。你與他各據一半的「ㄆㄥˊ ㄏㄨˊ」，多像被鋸齒剖開的心型圖案。你與他的信物，竟是由想像失散開始。而所謂璧合，依靠的卻是迢遙的思念。

就像此刻，你在燈下，細細摩挲、翻轉掌中的「ㄆㄥˊ」，輕輕的，想起。內心十足小女孩的部分，說來是不合時宜，知音漸少的。

記起，那一夜，我流著淚，哭著對你說，為什麼，是不是，我們永遠都不能互相了解呢？

飄零

無法輕易跟誰談論。如今，我確實是一個孤獨的人了。大量漫湧而至的黑，潮水般拍擊著我。我試圖用忙碌偽裝成勇敢，微笑走過細瑣的日常。我無法坦誠命運掠奪的傷害，無法細說失去父親，而後失去母親，那樣墜海、浮沉、陷溺，亟欲呼救卻又無從抓取的失重與悲哀。面對關懷探詢，點頭、感謝，笑著回以，「我還好。」溫煦而禮貌。

我，還好。並不很好的另一種說法。

很想撥通電話給你，或是想像其實你也正默默關心。你會關心嗎？如果你聽聞了我的近況，能不能明白我淡然無事的武裝之下，潮濕無告的心情？能不能理解我隱藏在明媚日光之下，傷感的陰影？

親愛的你，過去太遠，未來卻又太近。我在時間的縫隙裡，想到你，想到如今的我，的我們，竟不忍追究這接二連三的碎裂，究竟是我們丟失了光陰，或是光陰辜負了我們。

我總是驀然記起你，記起我們牽手漫步，我要你抬頭看的那些月光；記起因我愛喝那老攤熱桔茶，冬夜風起，你執我的手，手牽手去郊遊似的，搖搖擺擺踅過人來車往的街道，好雀躍的幸福。

我總是驀然記起你，記起那些教人驚心的昨日歷歷。記起初相識時，無關緊要的擔憂與忐忑；刻意疏離，卻又千迴百轉的情緒。

記起，並不很久之前，我們逆風相對，你沉默不安望著我，像個犯錯討饒的孩子。冬雷震震夏雨雪，你不會明白我心頭焚燒起來的雪地：彼時，母親已經瀕臨生命的終止線，我如何跟任一不知體諒的人，談論愛情？

生命的聚首離散如果是一種緣分，自有深淺厚薄的定數。然而，以愛情之名，妄談飄零的預言，卻說是為了成全將逝者的心願，你難道不覺得對一個即將失去母親的人而言，太過於殘忍嗎？

當時沒說出口的，是你如何可以算計我母親的生命，當作是在算計「我們」的未來？你是何人？奈何、卻又怎會在我的生命裡？

我驀然記起那些太輕的夜、夜裡降不下來的雨絲，記起掌中盛起卻又飛落的笑語，稀薄的雲彩，瘖啞的星星⋯⋯，記起，那一夜，我流著淚，哭著對你說，為什麼，是不是，我們永遠都不能互相了解呢？

我們永遠都不能互相了解。

你能明白我的耿耿於懷嗎？在虎視眈眈的黑暗恫嚇中，我只要求一點點純然的陪伴，一點點相視而望的靜默時光。我也願意相信愛，相信命運來去的鋪排。可是，為什麼我們給予對方的，卻是沉重而喧譁的孤獨呢？

久違的你。其實想告訴你，並不很久之前，我母親離逝的消息。卻又有無謂的顧忌。

我如何跟你，像跟其他不相干的人一樣，輕描淡寫帶過生命底層的心情？我向來怯於坦露軟弱的自己，因而總慣於喬裝甜美無傷的堅強。

我如何告訴你，從今以後，我確實是一個孤獨的人了。步履流轉，心念起伏間，我也如常笑著，沒事人般行走日常，且精心裝扮。可是，我知道，花非花，霧非霧，有一種隱密的嚙咬，一種無望的焚燒，一種無可言說的崩毀已經永恆存在，且我正一步步體驗知覺著了……。

你能明白嗎？突然之間，幸福好遠，悲傷好近。

每一個人都短暫，今天的日光重複昨天的日光，我們終歸在日復一日的循環中，變得稀薄冷漠。

花自飄零水自流，無愛，也無傷。我們或將各自老去，逐漸成為彼此生命中，另一個「別人」。

逐漸。在淡出的過程中懷想。究竟，不再相尋的這些日子裡，你是別人，還是某人？你依然是你嗎？或是，當我們轉身背對，決計把陰影留給對方的瞬間，就已經注定了此生迢迢漫漫，自此闊別天涯，死生悲喜，再無干涉？

是這樣的嗎？我想問你。

記得曾對你說過，如果情感必須有所終結，我也但願離去時能好好告別。好聚，好散。緣分盡處，但願尚且留一些餘裕。記得你說，你不喜歡告別的場景，如果非得說再見，你會先躲起來。

像是所有當時不欲真的分離，終究卻遠離了的戀人。在獨自經歷了這麼多的事情之後，我竟也不免常常想起你，想起你的體貼，想起你的自私，想起你的孩子氣，也想起你的怯懦……。親愛的，多想告訴你，這些日子以來，關於我的點點滴滴。我自己一個人，默默承受病死苦痛的雷擊。竟可以勇敢。

光陰靜默，流過我崎嶇的心緒。最親愛的最渺茫，永恆，或者只是亙古的傳聞。在念你之際，驀然想起你曾預言的飄零。花謝花飛，天冷欲雪。我想起你說，我們都不是快樂的人……。

明媚有時，鮮妍有時。親愛的，你說，我們最好的時光，哪裡去了呢？

後來，許多破碎的時刻，她總想起這照片，想起那個穿著紅棉襖的小女孩。

親愛與星散

小女孩笑瞇了眼。抿著小嘴，紅唇上揚，笑容的弧度彎成一抹俏皮。她像父族，兩頰顴骨突出，笑的時候頰肉向上推疊，盈盈滿滿。鼻型瘦挺，眉毛濃黑，雙耳寬長耳垂有珠……，他們說，她像極了她父親孩提模樣。她一直記得大人這樣的讚嘆，「完全是你爸的翻版哪！」

家裡四個姊妹，做為父親第四個女兒，她是父母生子冀盼的最終挫敗。沒有弟弟，沒有妹妹，她是父母認定今生沒有子緣的總結。但這些不圓滿的遺憾，並不妨礙父母對她的偏袒疼愛——是的。許多時刻，她恣意撒嬌、耍賴、裝傻，頻頻挑起姊姊們敵愾同仇、咬牙切齒的怒火；做錯事時，她總是特別被容忍、寬貸饒恕，正因為是老么，有著額外受疼寵的理所當然。

攀上大伯父家簇新的酒櫃，他們說要為她照相：新正年頭，她穿上母親買的大紅棉襖、繫上母親織給她柔柔暖暖的桃紅圍巾，出門前母親為她綁了頭髮，挽起長長的辮子紮上頭頂，繁複編成兩球辮子丸——簡直像去過美容院綁出的造型。

得意而自信，又有點害羞靦腆。甜滋滋喜洋洋，她小小世界的笑容在快門聲中保留下來，成為一彎彩虹，幻夢也似的永恆時空。

那件洋溢著節慶色澤、中國風的大紅緞面棉襖，就這麼停留在記憶裡。她記得在過年前，每當洗完澡拉開衣櫃抽屜時，她如何癡心撫摸著那光滑軟亮的衣料，一遍遍擬想穿上它的模樣。她天天捧著那衣服瞧，一心一意地盼，想像並回憶著所謂過年歡樂的時刻。

新年來了。正月初一一早，她急著穿上那件喜氣華美的紅棉襖。初二、初三、初四……，新年裡的每一天，她都穿這件外套；不管天候變化，室內室外，即使身體暖熱，兩頰紅通通，也不輕易脫下。她的愛或許從來都是這樣。憑靠直覺，無理可說，近乎執拗。

那時她還太小，還不明白再怎麼鍾愛的事物，也抵擋不住歲月流逝後，不合時宜的滄桑。

好一陣子，即使新年過去，日子暖熱起來，她還是天天穿著她的最愛。在姊姊們譏笑她怪咖時泰然自若，當她們說大紅俗豔時，強勢捍衛所愛。

當紅棉襖清洗後收納吊掛起來，她還一心想像著，有朝一日天冷，或者下回過年，自己再穿上那燦紅的模樣。

後來，許多破碎的時刻，她總想起這照片，想起那個穿著紅棉襖的小女孩。

她想起某次和父親不知什麼細故，父親說：「你是把家當成旅館嗎？」她高中時就離家到外地求學，假日偶爾返家，她成長中的少女時期大多活在自己的世界，一個人出門在外，一個人打理生活，獨立而封閉。返鄉回家時的生活，吃飯看電視睡覺，家常的日子，那麼理所當然。

大學剛畢業，她還是浪跡他鄉的遊子。沒有意識到，包括愛，所有的人事物都有耗損窮盡的時刻。

父親病危、逝世。母親罹癌、抗癌、逝世。幾年間的家庭遽變，讓她無法再把自己拋得遠遠的，以人在他鄉為由置身事外。她幾年來將之當作旅館一般自由來去的家，其間物件擺設其實數十年如一日，但父親不在了，剩病了的母親獨居，當母親也離世，家的大門鎖上，她才漸漸領略相對於圓滿的空缺是什麼。

她成長途中的風景，長大後的世界。忙著追求自我實現，不知不覺一步一步遠離父母家庭。

父母都不在人世了的屋宅，仍可以稱之為家嗎？

她躲避著不去處理的滿屋子物件，除了父母遺物，還有「長大了，翅膀硬了，各自飛走了」的她和姊姊們，已然用不著，無暇整理，任其荒置在原處的陳年舊物。

當她終於下定決心，進入那幢人事已非的屋宅，在蛛網灰塵間，試圖著手整頓清理。

打開衣櫥，她想起她的紅棉襖曾吊掛著的樣子。但紅棉襖到哪裡去了呢？她一一翻揀一整櫃塞得滿滿的衣物，一件一件折疊、平鋪，放進袋裡回收。

關於過去，親愛與星散的種種，畢竟什麼都沒有留下。她只能默默思念，記憶中穿著紅棉襖，那個笑著的小女孩。

2 親愛

我不想在人群裡哭，候診區那麼多揣著盼望的孕婦，怎麼偏偏我會是落淚哭喊不幸的那一個！

給未謀面的孩子

親愛的寶寶，我忍不住這樣輕輕呼喚著。像對著浩瀚宇宙，冥邈不可知的星辰，對著虛空，無有邊界的荒涼廣闊，我輕輕呼喚著你。

無人察覺，無人知曉。我想像你存在於微塵，在我深呼吸，昂首，微微俯身，擦拭自己的影子時；在我匆匆行過擁擠嘈鬧的街口，感覺人群洶湧滾沸，綠燈就要轉紅了的心慌裡。那些光影斑爛刺眼的瞬間、夜半玻璃窗面凝止的濕氣，彷彿你是無處不在的象徵，總教我在恍惚中想起你。

不是錯覺。你確實曾存在我的體內，透過臍帶，以我的呼吸為呼吸，況且你已經有了自己的心跳。

毫無道理可言，沒有公道可討。你來到這世界，住進我的身體裡，成為我小心懷藏的祕密。你還那麼小，當我還恍神於你的存在，一有空檔便漫無目的搜尋瀏覽各式各樣的經驗談。沒有出血、沒有任何你會離開的徵兆，我甚至不知道你是何時離開我的，不知道該不該相信，這一來一去的南柯之夢，竟是真的。

親愛的寶寶，在你到來之前，我曾面對失去至親之痛，成為自此沒有父母的孤女。黯然或者喜悅之際，我的心總是空空洞洞，有一種無可依託的荒涼。

我記得籌辦婚宴前後，大小瑣事，應當父母如何如何的禮俗，婚禮時雙方父母和新人要並肩站在台上……。然而他們不在了，我單單只剩下自己一個。無處投遞的思念，蓄積在心底，每當軟弱無助襲來，想痛哭的時候，我只能把自己武裝起來。

不知不覺中，你住進我的身體裡。在身體極度不適的時候，我一個人默默流淚。想著去世多年的父母親，想著此後我將有個親愛的孩子，來自血緣，來自父母冥冥的眷顧。儘管內心軟弱，儘管孕症讓我頭暈心悸、直冒冷汗，儘管胃酸逆流讓我喉疼聲啞、反胃作嘔，我試著孤獨而不動聲色地忍耐著。在日常中撐起微笑，喬裝健康無事的模樣。

不都說懷胎未滿三個月不能讓人知曉嗎？

你是我懷藏的心事，是我感覺五臟六腑正在裂解，卻無可醫治的病源。我甚至不敢讓人察覺，那彷彿隨時會暈眩倒下的病態。當他們問起我「還好吧？怎麼臉色那麼蒼白」時，要適時給予「謝謝，我很好」的微笑。

因為我知道，你在。為了愛你，我必須堅強起來，變得勇敢。

但究竟是哪個環節出了錯？我以為將開始孕育的生命，突然竟成為死胎。

醫師說，心跳停了。

我還處在聽不真切、意會不來的遲疑裡，問：什麼？

我感覺到超音波探頭在我跨開的雙腿間，在下體陰道內，或偏斜擠壓，或貼倚側扭，再三轉換角度。

「沒看到心跳了。」黑暗中，傳來的結論。超音波探頭被快速抽離，醫師轉身離開。跟診護理師照例說，好了喔，腿放下來，旁邊有面紙可以擦，內褲穿上。衣服穿好，外面等叫號。

緩緩從內診椅上仰起身體。高舉跨抬在兩側腳架上的雙腿僵硬痠麻，暴露在冷氣房中的赤裸下身，讓人止不住發冷顫抖。踉蹌步下診察台，找出包覆在長褲中的內褲，套上，帷簾後的護理師催促，穿好就出來囉。

匆匆套上長褲，穿了鞋。下意識握緊雙拳，手心濡濕而冰涼。我的心中滿是震驚與疑惑。

丈夫還在門外，他什麼都不知道，而甫聽見宣判，毫無頭緒的我，又何嘗對這一切知悉多少？

親愛的寶寶，我太害怕了。不知道該怎麼辦。我希望還來得及做些什麼，希望這不是真的，一直想著一定是哪裡出了錯，說不定是角度、是機器、是你調皮讓醫師誤判了……。好多紛雜念頭閃現，黑白屏幕上，你的輪廓明明仍在。

沒幾分鐘之前，我在漫漫等候中，還以手機上網不斷搜尋、查閱：孕婦不能吃什麼、孕症怎樣正常怎樣異常，縱使我的肚腹還很平坦，因為想像你逐日成長後我自己的模樣，我已經開始瀏覽購物網站的孕婦裝。

進檢查室前，我是個滿心雀躍的新手孕婦，以為能聽到你已然幾週幾日，又長大了幾公分；以為你在子宮內的影像，將如常顯映於螢幕上，我縱然看不懂，但仍然欣喜跟著指認：那如滑鼠游標一閃一閃的地方，就是你的心跳！

但這次，這幾分鐘的診察，你是沒有光焰的星子，你沒有心跳了。

親愛的寶寶，我明明看見畫面中，你仍安穩駐紮在子宮裡，殘忍的是，醫師說，你已經死亡，永遠、不會再長大了。

從超音波室出來。我將手上緊握的超音波照片交給丈夫。

滿滿的候診人群，有幾雙眼睛看著我，我輕聲對丈夫說，心跳停了、心跳停了。或許是說得太輕，還是內容超乎預期，我記得丈夫怔了一下，又問，什麼？怎麼會這樣？我們相偕走到人少的角落，等候診間護士唱名看診。

親愛的寶寶，我的丈夫，你爸爸，他沒看過螢幕上你一閃一閃如有光芒的心跳，他僅透過我從超音波室攜出的照片，透過我的轉述，得知他將成為父親。如今，我拿著這恐怕是證明你曾存在的最終影像，卻無法再像過去一樣，拿著照片興味盎然地對著他解說比劃。

我甚至不忍心攤開那些照片，多看一眼，再看一眼，無以名狀的淚水可能就要落下了。我不想在人群裡哭，候診區那麼多撫著大腹，懷中揣著盼望的孕婦，怎麼偏偏我會是落淚哭喊不幸的那一個！幾分鐘前，我明明和她們一樣，不自覺以手以掌熨貼肚腹，漫無邊際想像你的模樣。

我低著頭，任由沉默吶喊，在胸膛狠狠重擊每一分秒空白的思緒。

眼看孕期就要滿三個月了，不是嗎？

我以手機上網搜尋「胎兒心跳」幾字，看見的血淚字句，幾乎都是驗孕後始終等不到胎兒的心跳，而你，我親愛的孩子，我是你心臟曾噗通噗通快速跳動著的見證者，你的存在，不是一秒鐘、一刻鐘，這是第三個月，怎麼你就此悄無聲息，無端離開了？

我想起豐子愷〈阿難〉中的片段。

「往年我妻曾經遭逢小產的苦難。在半夜裡，六寸長的小孩辭了母體而默默地出世了。醫生把他裹在紗布裡，托出來給我看，說著：

「『很端正的一個男孩！指爪都已完全了，可惜來得早了一點！』我正在驚奇地從醫生手裡窺看的時候，這塊肉忽然動起來，胸部一跳，四肢同時一撐，宛如垂死的青蛙的掙脫。我與醫生大感吃驚，屏息守視了良久，這塊肉不再跳動，後來漸漸發冷了。

「唉！這不是一塊肉，這是一個生靈，一個人。」

親愛的，我未謀面的孩子，當我和你的父親進入診間，聽醫師正式宣告，說你沒了心跳。

我不死心地問：怎麼會這樣？

醫師看了我一眼，說，這不罕見。胚胎發育不完全，物競天擇、自然淘汰。差在時間早晚而已。

接著他說：後天一早手術。

沒料到那麼突然。我怔住了。低聲追問：會不會突然心跳又恢復了呢？

醫師又看了我一眼。他說，好吧。下週回診，再看看。

狼狽步出診間。那一週內的每個時刻，我不斷暗自祈禱奇蹟出現。可是奇蹟終究沒有降臨。我心底縱然不捨、我想挽留你、保護你、但卻什麼也做不了、幫不上。

醫師說，手術要盡快。死胎會釋放出毒素。愈慢取出，對母體的傷害愈大。回到日常軌道，向任教的學校請假。說，我已經懷孕，就快滿三個月了，可是胎兒卻又沒了心跳，要拿掉。

親愛的寶寶，說這些話時，我感覺到自己的聲音在抖動。但我很努力自制，終能以不可思議的平靜口吻，一句一句淡淡說出。

我看見聽者表情的細微變化。我敏感地意識到憐憫與同情。

明明你還在我腹中。我鐵著心、厚著臉，堅強而不帶感情地，一遍一遍描述因由，請託老師代課，告知相關處室人員。就要請假進行手術了，我得盡最大努力，為我的學生，理性安頓好一切課程事務。我沒有掉淚。沒有哽咽痛哭。我從聆聽者的反應，知道我冷靜地不符合多數人想像中的劇情。

當你成為一塊由我子宮內取出的血肉。

流產的手術極快，當天就可以出院了。我用雙手輕撫著腹肚，試圖想分辨你存在時，和你不在了之後的差別。

親愛的寶寶，我在心裡為你的消亡而悲傷。

世上沒有任一人如我，深刻意識到你的存在。你是我過去一段日子的病因，以各種不適孕症，告訴我，你是我身體裡餵養的一部分了。

我想起那些音聲沙啞，邊咳嗽邊抹淚的日子。即使感冒了，在百症齊發，呼吸困難的狀態下講課，因為餵養著你，始終不敢輕易吃藥。那些因為盼望而忍受的痛苦，我還記得清清楚楚，怎麼一時間，我們血肉相依的日子就結束了？

世界如常運轉。一切像是沒發生過。

親愛的寶寶，你是我未成人形的胎兒。當我寫下這些字句，給你，也給逐漸老去的自己。

我記得那些病你的日子。不管你在何處，能否聽見我心裡的呼喚，你要知道：從來你就是我身體裡餵養的一部分了。洪荒宇宙中，你並不孤獨，你是有母親的孩子。永恆活在我的思念裡。

那麼奇幻的感知時刻，我在訴說中連續擲出三個聖筊。朴子媽溫柔賜予我一朵白花。

一朵花的故事

父母離世後，感覺自己的內心，始終處於茫然無依的狀態。

少女時期就離家，在外地求學，接著在異鄉謀職工作，其實很難說清，自己對於家的依戀究竟是什麼？關於父母切身的病痛，他們居鄉居家的日常，他們的牽掛與心事，我畢竟陪伴得太少，因而當真正覺察到無常的殘酷到來時，會有一種無法置信、不知道此後該怎麼辦的慌張。

很長一段時間，我以為依照日常節奏不動聲色過日子，生活就能平順地過下去。那與他人無關的，孤女的心事，擱在被壓縮的時空縫隙裡，或許久而久之，衝擊與感受就不再那麼強烈了。

後來才發現，那種失去依傍的飄搖之感，並不會隨著時間淡去。如影隨形的念想，在生命版圖的記憶底層生根發芽。不經意的時候，心裡總有個依戀的聲音悄然浮現，想著：如果父母在的話，該有多好？

該有多好。

那些無人可說，無人能解的時刻。每當面對抉擇，內心猶疑不定的時候。每當遇到現實的打擊，內心挫敗沮喪的時候。生命的難題，無從釋疑。有時候，我的心裡有好多問句。自我質疑，自我否定，想著那些如果不是這樣，會是怎樣的命題。記憶中，我始終是處處受父母庇護的孩子，然而父母不在了，凡事沒人可以傾訴商量，心裡時常有孤獨一人的感傷。

認識嘉義朴子這個小鄉鎮，就是在這樣的情懷背景之下。

那時我剛失去腹中胎兒，歷經流產手術取出死胎。一個人在家臥床休養的日子，吃著月子餐業者送來的小產餐，心裡滿是傷懷。

同時又發現，子宮內，原先四公分的肌瘤，在懷孕過程中，已經增大為七公分，醫生說了，必須進行手術，切除肌瘤。

肉身刮搔切剮，心裡無以名狀的某個地方，也正緩慢滲流出血。復原之路迢迢漫漫，不知道哪裡是終點。

彷彿冥冥中有因緣牽引。偶然間來到朴子小鎮，到地方上最大的地標，也是信仰中心配天宮。直到現在，我都很難說清，那是一種什麼樣的狀態。心裡保護著這個故事，不想輕易被解讀。可是我隱隱地又覺得應該寫，應該說，那是人與未知的某種契合、相應，真實發生在我的生命裡。

在此之前，我絕少有向神祇、向茫茫未知的將來，特意伏跪祈求的時刻。然而，偶然機緣來到嘉義鄉間，在朴子媽的香案前，我竟能拋下日常防備，用只有自己聽得見的唇齒音，喃喃低訴。情境像是在夢中。心情像是在跟久違的、已逝的雙親說話。

前塵往事，林林總總。受過的傷、流過的淚，壓抑在日常軌跡中，無人知曉的種種，該怎麼說清，一時間，又如何說得清呢？

那麼奇幻的感知時刻，我在訴說中連續擲出三個聖筊。猶若來自神界媽媽般的祝福，朴子媽溫柔賜予我一朵白花。

一旁在廟裡幫忙的老人家告訴我，民俗傳統的信仰，求子得白花紅花，賜花即賜福，象徵媽祖具體的庇佑與祝福。

我不懂民俗傳統和信仰，卻很珍惜這彷若奇異恩典的因緣。一朵來自朴子小鎮的花，帶著祝福花語，來到我的生命裡。

或許這是移情作用。每當心裡覺得孤獨的時候，看著這朵祝福的花，花是人造的，恆常盛放鮮麗，便覺得該打起精神。相信未知的遠方，有著屬於我的安排，我要好好照顧自己的身體，安定自己的心。

這朵盛放的花蕊，也牽起了我與朴子的聯繫。每當心裡有事，憂慮困惑、鬱悶焦躁的之際，便念想著到朴子走走。像是到鄉間探望親族長輩，或者說家常，或者什麼都不必說，只是在身邊待著，靜靜地陪伴。

我在這樣相伴的狀態中，再度懷胎。當醫師告知消息，心裡想的是要回去朴子報喜。

我沒忘記先前死胎的打擊，孩子未順利出生前，脆弱的生之緣分，每一刻都存在變數，不能掉以輕心。

孕期過程，我受醫囑需臥床安胎，避免落胎早產，危害胎兒。那些舉步維艱，終日終夜躺臥房內，連獨自翻身爬起都異常吃力困難的日子，我看著床頭櫃上那朵來自朴子的花，流眼淚的時候，擦乾眼淚。心裡盼望著孩子順利誕生的那天，一切都能夠好起來。那時我應該可以行走自如了吧？要帶這朵相伴相守的花，回到娘家般的朴子。

娘家般的朴子。如親族長輩，看顧著我千山萬水，跋涉至此的朴子媽。我孤女的情感，像是莫名獲得了寄託。

順利剖腹產下胎兒，我與丈夫帶著彌月油飯，重回那擺著紅白祝福之花的香案前。在地方耆老志工的指導下，將那朵帶回家相伴的白花，捧至金爐燒化。

出現在我生命中，一朵花的故事，在孩子誕生後，進入新的章節。

我想像著，孩子在繫滿紅白花的廟埕前跑跳。我們牽著手，隨意散步到朴子第一市場，吃麻糬、春捲……，一起認識這個生命中偶然與必然的小鎮。

成為母親

得知懷胎後，我成了一名戰戰兢兢、時刻戒備的戰士，每一呼吸吐納都負載著守護的使命。

想像中的這一天，終於到來：清晨五點，護理師推開病房門，拉開布簾，點亮床頭燈，她說：該準備了。

三十八週又三天。我想起昨日入院，到產房報到時護理站內的驚呼：天啊，懷雙胞胎還撐得到這時候！在場三、四位護理人員同時看向我，有一位湊近跟我說：「很辛苦吧！你還能走啊！」又說：「我推輪椅來給你吧！」

那時，我的步伐已然沉重緩慢，雙手習慣性撫靠在高聳隆起的巨腹兩側，像是下意識在步履維艱中，膽顫心驚護衛著腹中胎兒。

是的。自從得知懷孕，是雙胞胎兒後，內心始終處於惶然憂懼的狀態。我像獲得了上天給予的神祕禮物，感動喜悅之餘，又患得患失，害怕不幸的陰影緊緊相隨。

因為憂懼失去，不敢放心喜悅；不敢對人宣說尚且不能確信的幸福。得知懷胎後，我成了一名戰戰兢兢、時刻戒備的戰士，每一呼吸吐納都負載著守護的使命。

我知道懷胎，特別是懷雙胞胎，所需面臨的威脅和風險，染色體的常與變，基因的完好或缺陷……，有太多太多我掌握不了、無能為力的吉凶。

臨深淵、履薄冰，懷胎生產，無疑是一場豪賭。自從子宮內的胚胎偵測到心跳，細胞分裂、成長，器官成形、發展，我小心翼翼在醫學有限的探查中，描繪想像新生命健康的輪廓：定期常規產前檢查，自費高層次超音波、胎兒心臟超音波，乃至於各項遺傳、基因疾病篩檢……，面對新生命的到來，我竟膽小畏縮，毫無自信，又有點神經緊張，深怕自己不夠盡心周全，忽略胎兒完好成形的任一信號。

冬日十二月，剖腹產前之夜，恆常開著空調的森冷病院。我的體內有盆熊熊的火，我流了一身汗，長髮被熱汗濡濕，在輾轉反側醒睡不安之際，濕黏刺癢摩擦著後頸臉頰。我的雙腿水腫脹痛，雙掌十指發麻，我讓自己側著睡，不幾分鐘便感覺胸腹壓迫，難以呼吸。隆起的巨腹，肚皮的表面張力似乎已繃緊至極，不用觸碰都感覺得到，稀薄表層就快從隨便哪裡張裂綻開的疼痛。

小心翼翼，側身以掌撐床，扶著脊椎，挪移躺平。仔細辨認胎動，左下方的胎兒，右上方的胎兒，回想產檢照超音波時，兩胎兒的相對位置、走向，模擬假想，這是來自這個他，或那個他的動態。

我跟丈夫說，好不容易撐到住進醫院，會不會撐不到天亮？

病院待產的漫漫長夜，腦海裡有許多奇思異想，對於黎明之後將到來的一切，懷抱著一絲興奮、期待與不安。我想起母親說過，她生三姊時，難產大出血，有那麼一刻，發現自己處在瀕死的危崖想張口呼喊，卻喊不出聲，心急悔恨怎麼事先沒料到這景況，什麼都來不及說，來不及安排交代……。又想起二、三十年後，母親發現自己罹癌，不僅把能想到的都寫了下來，病中還不放心地，想將這一生來不及說的話，做的事，一遍遍反覆提醒訴說。

那待產無眠的夜，我在胡思亂想中，想起這些，忽然感到懼怕：產檯上生死交關的恐怖故事時有所聞，高齡、多胞胎、腹腔動過刀、曾切除子宮肌瘤……，做為高危險妊娠的一員，我能平安順產嗎？這一生，有什麼未竟之憾？有什麼話語要說？意識到這種種時，心情複雜傷感。這匆匆時刻，也怕是來不及預備什麼了。

我沒忘記自己是在這麼多慮忐忑的心情中，換上手術服，坐上輪椅。每個孕婦面對生產時刻，再怎麼惶恐不安，除了耐著性子，自我安撫，信任醫療，硬著頭皮承擔風險，似乎別無選擇。甚至得拿命去換，才能成為母親。

傳送人員推我進入一條長長的甬道，我和丈夫在手術室的電動門前等待。我跟丈夫說：拍一下最後這生產前的模樣吧。手術帽、手術服、點滴、輪椅，連呼吸都顯得喘的我。我沒說，不敢說，卻隱隱有著面臨死別的感傷。手術室的護理師從管制區電動門內走出，她朝我丈夫擺擺手，說：家屬請離開，到外面等待。

我在護理師的協助下，遲緩地攀上產檯。麻醉師問我：緊張嗎？他將在我後背腰間脊椎處下針。他說，放心，不會痛的，像被蚊子叮到，只會有一點點感覺。他說，你的背要弓起來，懂嗎？像蝦一樣彎彎的。但我的孕肚太大，側躺感覺壓迫，腰椎發麻僵硬，上下身挪動的幅度十分有限。一時間，都覺得還沒挪移妥當，耳邊便傳來醫護對話，「麻好了。」

麻好了？

我還處於詫異之中，擋住我視線的布帷上，便聽見聲響：主治醫師來了。人員準備就位了。

我慌慌急急朝站在我臉頰旁的麻醉醫護喊：怎麼辦？怎麼辦？我還有感覺！你看你看，我腳趾還能動！

此時箭在弦上，布帷後的手術刀要落下了。

方才幫我下麻針的醫師，頻頻在我耳畔喊話，不要緊張，胸腔以上有感覺是正常的。

空氣中，我聽見報時宣布：八點二十四分下刀。

我掙扎哭喊：痛！會痛會痛！我很痛！

兩位麻醉人員商量著，他們說，等寶寶一拉出來，就立刻補針讓你睡！他們持續朝我耳畔喊話：你忍耐，快了快了，深呼吸，放輕鬆！

我說，痛啊。不是麻醉了嗎？網路上不是看見人分享，麻醉後，只有被輕柔撫摸的觸覺嗎？怎麼我能深刻感覺到劇烈的收縮，伴隨強力撕裂的掏挖推擠？淚水與汗水，浸濕漫流了滿頭滿臉。到底這是怎麼了？

嚎哭聲傳來。高分貝清楚而淒厲。空氣中，聽見宣布，第一個寶寶拉出來了。隨之又喊：第二個寶寶拉出來了。時空在此停止。

意識被關上。斷電、失覺。

不知過了多久，當我濛濛醒來，我朝護理師喊，好冷。我好冷好冷。我的身體不自主地抖動發顫，齒牙喀啦喀啦，喀啦喀啦，整張病床的金屬零件都嗚嗚作響。護理師挪來烤燈，為我添加厚被。冷汗涔涔，一股腦兒泛湧而出，我感覺自己的頭臉胸背，又濕又黏。胸口緊縮再緊縮，空氣變得稀薄，呼吸愈來愈急促困難。

護理師說：小姐，你不要緊張哪！你要放輕鬆。

我沒有緊張啊。我還是很冷。怎麼辦，沒辦法控制，身體一直發抖。

我被裝上氧氣面罩，護理師打了電話請醫師來看。我聽見匆匆趕至的醫師跟護理師的對話：照理說，不該反應這麼激烈啊。

我像一尾擱淺的魚，清楚地感知時空緩窒，有一種全身血肉被掏挖而出，空虛、耗損，茫然無助且無力施展的恐慌。

我不知道我是怎麼了，而一切又是怎麼變成這樣的。

產檯上，已經施打麻醉劑的我，在感覺血肉裂解的疼痛中生產。我不是已經強忍著痛楚，在淚水中把孩子生下來了嗎？

怎麼麻藥退去，在觀察恢復室轉醒之際，體內強烈顫抖抽搐，我竟感覺這是瀕死時刻，心臟就快無法負荷，靈魂意識渙散鬆垮。一切無從把握，或許下一秒，魂神就要散逸而出了。

醫師來回評估兩趟，點滴加藥、提高劑量。我終於在呼吸逐漸平穩中，被送出手術管制區。丈夫奔迎而來，說，發生什麼事了？孩子生下後，又等了這麼許久，他很擔心。

孩子呢？都好嗎？健康嗎？我急切詢問。那是一個遺憾，都說寶寶生下來時，第一時間會先送到母親懷抱裡，讓母親看看孩子的模樣。但是歷經一場惡夢似的我，生產記憶卻戛然停止於孩子出生那分秒。猶如插頭被拔掉，我的意識一瞬間斷了電，至今我仍想不明白，怎麼那即刻加入的針劑，會有如此驚人的迅效。我甚至連第二個嬰兒出生的啼哭，都沒有聽到。

我心有餘悸跟丈夫敘說，我的麻醉劑量似乎不足，而後又似乎過量，幾度有種身體就要承受不住了的錯覺。好在、好在。我畢竟熬過產檯恐怖的試煉，歷險歸來，成為母親。

親愛的寶寶，我在心底喃喃呼喚著。這是好不容易而疲累的一天，終於你們平安來到這世界。都說，孩子生日這天，是母難日。如今我是真的懂了。

嗚鳳古道途中

在經歷一段畫地自限、安胎禁足的孕期後，我終於再度踏上尋訪山林的旅程。

彷彿只是為了應和心底的渴望。成為母親之後，我加倍珍惜走入山林野地，緩步攀行於山嶺的時刻。

無法和人細說，為了孕育孩子的我，在成為母親之前，之後，身心產生多大的質變。很長一段時間，為了顧全腹中胎兒，醫囑需臥床安胎的我，終日只能躺著，連翻身都很吃力。明明雙腳健康正常，可是光要站起來，像沒事人那樣走幾步路，都是令人沮喪的奢望。

舉步維艱的日子，哪裡都去不了，什麼事都不能做。我深刻體驗著，何以老一輩統稱各式孕症為「病子」。腹中胎兒是苦痛的病源。一切都是試煉。連醫生都說了，忍耐是最好的藥。很多孕婦都是這樣的。你要有信心，生下胎兒，成為母親，一切都會好轉了。

一切都會好轉嗎？不能隨意挪動步伐的日子，心裡滿是恐懼的猜疑想像，多怕此後再也不能如往日正常走路了。

剖腹產下雙胞胎兒的隔日，一手摀住肚腹手術傷口，緊瞇著眼，咬著牙，勉強從病床上撐坐起身，一手抱著肚子蜷起上身弓背彎腰，一手扶握著點滴架施力，噙著眼縫的淚，滯緩站起來，終能以極慢極慢的速度，挪步走出病房，到門外長廊那頭，新生兒室的落地玻璃前。

大半年的時間沒走路了。每踏一步，努力踩穩時，我能感覺雙腿不自主在發抖。

那一段路走得太長、太久、太痛。醫院的空調好冷，可是我全身冒汗，滿頭汗水鹹鹹地沁入眼睛裡，又刺又辣，教人泛著淚光，睜不開雙眼。那不知是最初的汗還是後來的淚的汗水淚水，一滴又一滴落了下來。

可是我真的沒哭。我終於生下胎兒，努力走在要去探望新生兒的路上了，我為什麼要哭？我一遍遍在心底向軟弱的自己喊話。好不容易的一段路。終於走到這裡。

用全身力氣撐拄著我的丈夫勸我：我去拍寶寶的照片給你看吧！痛就不要勉強，先回病房休養吧！

我知道自己已經快走盡了新生兒室的開窗時段。我的心好急，腳好慢，內裡深處淪肌浹髓的傷口，正分分秒秒撕裂拉扯，全身上下都不聽使喚。

想走向孩子的意志那麼堅決，身心卻那麼痛苦。當時的情景還深埋在心底，初為人母，行走的渴盼，是掏挖出一顆熱切虛弱的心，混雜著愛與傷的記憶。

記憶如影隨形，跟著我走向山林。一如此刻，無端在山行中途想起孕產之際的心情。在經歷一段畫地自限、安胎禁足的孕期後，我終於再度踏上尋訪山林的旅程。像是重新尋回初任母職之前，某一時空的自己，據此參差對照，此時彼時，一路行踏至今，漂流跌宕的心靈風景。

暑熱蒸鬱。這樣的天候，適合往山裡去。

我在前一晚查了地圖，一早抵達苗栗客庄。預計從獅潭鄉新店村義民廟這頭一路上坡，走訪鳴鳳古道，而後一路下切，抵達頭屋鄉鳴鳳村的雲洞宮。

跨鎮越鄉。勾連獅潭鄉與頭屋鄉的鳴鳳古道，交織著賽夏族與漢族攻防征戰的斑斑血淚。那是漢人以槍炮武力朝山區挺進，華路藍縷的拓墾史，同時也是賽夏族人捍衛獵場，不敵漢族優勢武力，節節敗退的悲歌。

史觀不同，詮釋迥異。歷史裡的成敗悲歡，屢屢是多面鏡。朝鏡裡看，時代的故事烙印著昔日先民的履痕。這是古道不同於一般山徑迷人的地方，常常走著走著，便走進大我的洪荒史，勾連出小我微渺的生命觀。

在義民廟埕停好車。日光灼熱，逼得人睜不開眼。廟埕曠闊，大型水泥戲台建設出這廟的地方氣勢。創建於光緒年間的義民廟，祭祀清同治時期拓墾犧牲的義勇先民，並供奉苗栗拓墾史中的關鍵人物，人稱「黃滿頭家」的黃南球。

在此之前，我根本不識黃南球，不識這位名列《臺灣通史》近代三大貨殖家，據傳會創下一夜之間，率眾連破十八處番社的傳奇人物。

帶著歷史感出發，順著指標，走在幾無遮蔽的鄉道上。鄉間風景，滿眼純然的綠，遠處的山林、近處的果園，柏油路旁野地的草，那種看不出規模的開發，民家日子的天然。

喜歡新鳳橋邊的視野，山樹鬱鬱環繞著天幕，河面清淺，水色映照著溪底河床邊蓬蓬蔓生的野草，那是鄉間尋常而親切的開闊。

沿著產業道路走，經過幾處村樹農園掩映的人家。迎面遇到一對年輕男女，我猜想他們是從古道另一端，頭屋鄉那邊走過來的吧。

他們剛走出古道，正在數算單程花了幾個小時。我朝他們點頭致意。心想著，自己會不會開始得太晚。這樣的熱天，走在曠闊直曬的長路上，都還沒抵達古道入口呢，已經滿身是汗。真不敢想像在天氣最燠熱的正午時分，一來一回，走上兩趟路程。

擔憂想像太多，無濟於事。邁開步伐走，路在腳下延展，心會篤定許多。山徑攀行，猶如一段生命歷程的自我反芻。像是人生的隱喻。順著路形，走下去，總會走出一段自己的路。

寫著「鳴鳳古道」的巨石矗立在斜坡上，標誌出登山口。解說牌上翻攝的老照片，記錄著早年獅潭與頭屋間，依賴著古道運輸交通，村民徒步挑擔負重，買賣農產、日用品的時光。

鋪設路面的窄徑，山壁與山谷兩側，枝葉茂密，密密實實，混生著滿山遍野的綠。樟樹、竹林、相思、油桐……，我認得出山間常見的綠。據說，四、五月油桐花開，枝頭與林蔭間點染飄飛著桐花雪，這條古道就是熱門的賞花勝地。

我想像著，賞花時節的熱門景象，對照著當下，一路前後，沒有其他登山客的幽靜。

這樣的幽靜，對於連續大幅度上坡的路段來說，特別珍貴。可以自在調整步伐、速度，調勻呼吸，不用瞻前顧後，為了配合其他登山者，刻意放慢或加速。

古道林間，或石板路或木橋，多數是路形原始的大小碎石路面。行經果園，在綠意、濕氣、木橋與溪澗之間前進。走著走著，便走入森林裡。通過木橋，蔓生綠苔的石階路古舊樸素，沿著溪岸上行，又過幾段木橋，橋畔標誌寫著：情人谷。

這是古道沿線，最精華的景觀了。巨石磊磊，錯落排列為溪谷桀驁不馴的面貌，溪澗水流潤澤潺湲，讓人對「情人谷」之名，多了一分詩意的遐想。

但歷史從來是寫實的。據說，因為此處地形天然，地勢險要，情人谷乃是賽夏族人舊時放置獵首頭顱之處。獵殺剛硬暴烈，展示獵首，做為一種宣示與恫嚇，那是時移事往之後，即使親臨舊地，也難以連結回溯的現場。

這裡的山水塊壘，見證過賽夏族人威凜的時代。而後歷史再往前推進，這條古道便徹底成為拓墾漢人以武力進逼，所謂披荊斬棘，「大破番社」的戰場了。

漢人沿山設置隘站日夜防守，稜線間、險要處，遍布隘站連通道。鳴鳳古道岔出連通「延平古道」、「綠色古道」、「南隘勇古道」、「八達嶺古道」、「錫隘古道」等，是昔日漢族隘勇為了拓地挺進山林，長年爭鬥戍守；賽夏族人失去原生居地、傳統獵場，以捍衛祖靈之名，伺機拚搏出草的歷史遺跡。

這片山林，負載著太多漢人與原住民纏鬥不休的血淚恩怨。然而，眼前的山水明媚繚繞，早已嗅聞不出殺戮的血腥與煙硝。人世間，再如何沉痛不堪的現實，終也會隨著時間，成為過去。

沒有什麼不會過去的。沒有什麼過不去的。

這麼想著時，一路又走過裝話亭、忘憂台、怡然彎等，當地健行隊標誌出的「嗚鳳古道七喜景點」指示牌。然而，我的心思遺留在七喜之首的「情人谷」，對於其後各名號，有些摸不著頭緒，也不太留意了。沿著長長的石階上坡，走在呼吸吐納的節拍上。行行重行行，一路走向山區的制高點關公亭。

關公亭之下，一塊大石碑寫著「古道入口」。我沒想到竟在渾然不覺時，抵達步道這頭的入口。

看不清山林地界，我在深山之巔，猶疑著，究竟要從關公亭「古道入口」的勒石，往回程走，還是再往下、往前，去雲洞宮看看？往雲洞宮的路，是筆直陡降，深不見底、以數百計的石階，從山之巔到山之谷，不知道要走多遠、多久。我真要前往，然後再循原路回程嗎？

我還記得當時不確定該何去何從，內心湧動的退怯與不安。當我最終決定，走到底吧。一探究竟，不要空留懸念。行走的動心起念，彷彿又回到最初，不為了什麼的出發。

不免又默默想起，其實並不很久之前，終日臥床安胎，內心惶然孤獨的日子。想起剖腹產隔日，一心一意，想走向孩子的堅決意志。那幾乎要放棄了的心情。

走在往來鳴鳳古道的路上，想起的前塵往事，恍如隔世。

下探長長的狹窄泥徑石階，一層接連一層下坡，抵達雲洞宮，再一層接連一層攀行上坡，一步步循跡回返。山林野地，雲淡風輕。土地或個人承載的悲歡故事，說來無足輕重，但腳下踏行的步履，景致與記憶，千真萬確。冥冥中，如有緣會，彷彿跋涉了許久，終於走到了這一天。

路在腳下，動心起念走向他方，純然是我與我的追尋，是自我釐清，也是自我完成的渴望。

青龍山
玄奘之路散步

年歲漸長，愈明白歡鬧喧騰是一時之好，踏實安靜，真誠面對心念起伏，是安頓身心的日常功課。

喜歡往山林走。簡簡單單，不做他想。僅是回歸到舉步前進、呼吸吐納的本質，順著山嶺路形，由始而終，出發回返。緩步而行，不急著探看，不惶然張望，用身體回應自然，感受風吹拂出季節的溫度，感受黃泥草葉，氣味淡淡澀澀，土生土長的天然。

放大感官知覺，隨心自在。浮光掠影也好，白駒過隙也罷。腳下的路途，沒有時間，目見耳聞，意識流動，都是唯心的風景。

從玄光碼頭周邊，拾階而上，往玄光寺。

這裡曾擠滿旅行團遊客，他們從玄光碼頭下船，在導遊的指點下，沿著石階上山。玄光寺視野絕佳，可一覽日月潭美景。在湖光山色的襯托下，眾人輪番與銘刻「日月潭」字樣的石碑合影，那將是匆匆走訪景區，留待日後回憶的代表作。我曾在那樣觀光樣態的極盛期，誤闖入摩肩接踵的人群。石階上下，寺廟前後，碼頭周邊，人潮發散或聚攏，這一行人那一行人，剛下船或等著集合上船的時空，到處都是高分貝人潮湧動的繁盛熱絡。

這兩年，受到全球新冠疫情影響，國外團客少了，遊人多是自行開車，三兩成群走逛的小家庭。眼前的氣息，像是剛從夢裡醒來，有著朦朧而初始的清新。

沿著石階緩步上山。因為周遭不那麼嘈鬧喧譁的氛圍，而有自在朝山的餘裕。

玄光寺邊，有一石階步道蜿蜒上山，林蔭蓊鬱遮蔽，名為青龍山步道。

從玄光寺視野開闊明媚的潭水景致轉個身，隨即進入一個錯置的時空，滿眼綠靜幽深的山景襯底，視線所及的遠方，樹影掩映間的石階高處彼端，指標寫著：通往玄奘寺。

要往玄奘寺，環潭公路便捷。遊人看到層層石階大都卻步了。或許正因少有遊人行走之故，山林樹影地衣披覆，綠的感覺是一種深沉的靜。

從玄光寺到玄奘寺，這條青龍山步道，又名玄奘之路。

這名稱引發我的綺想，玄奘大師西天取經，歷經迢迢漫漫艱辛險惡之路，凡俗如我這樣的旅人，如何仿效其精神，走上這條取經之路呢？所謂的玄奘之路，僅單純標示前方山徑所向的去處，僅指出玄奘大師頂骨舍利由暫置玄光寺，最終安置於玄奘寺的一段歷史，還是對於往來旅人，有更深層廣義的象徵與啟迪？

遠望筆直陡上的石階，我想像著或許這條靜寂少有人跡的步道並不好走，玄奘之路、朝聖步道之名，應該連結著洪荒原始的巨木莽原，路途或許崎嶇彎繞，路形或許迫仄窄小……。

我在腦海中擴大想像路途可能遭遇的各種險峻困難，像是平日膽怯的內心，面對陌生情境的選擇，總是猶疑再三，無法明快決斷迎向挑戰。小心翼翼把自己包裹在安全範圍裡，日子規矩，如同多數人，在計劃內盤算生活的分寸，至於計劃之外的未知路線，總有著留待下次的藉口，缺少探索變化的勇氣。

然而這一次，這偶然的一瞬，內心突然湧現走看探索的渴望。

查看步道路線圖，發現路程不長，覺得應該可以走看看。先前走過日月潭周邊幾條環潭步道，對步道設施、規劃與維護，印象很好。日月潭適合走路，但是或許限於行程安排、時間考量，到日月潭登山健行的遊人不多。

走上玄奘之路，走入綠的呼吸裡。山門、沙彌、經書等雕塑造景，呼應來處與歸途的朝聖意象。青龍山，地理風水上蘊含神祕龍脈的靈氣，青龍山步道，在環潭步道系統中，更有「明潭四秀」的美譽。

行走其間，我不知道這種極為舒暢的呼吸，極為舒坦的視野，極為放鬆的心情，是否跟靈氣有關，但這步道是真的好走，走起來舒服。空氣中沁著一絲絲日光不到的清涼，那種來自樹梢葉脈的清涼，貫串著深綠淺綠交疊透映的微光，因而有一種明朗的色溫。不陰森不涼冷不暗沉，那是光合作用的綠。熨貼身心的清新。

走在綠的呼吸裡，聆聽自己的心音。一路上沒有遇到其他人。路在腳下，動心起念走向他方，純然是我與我的追尋，是自我釐清的過程，也是自我完成的渴望。

抵達玄奘寺。玄奘大師紀念館一隅，面牆臨案，有人正在抄寫心經。我輕輕走過他們，深怕驚動空氣裡的肅穆莊嚴。

或許因為進入這樣的情境氛圍，足以潛心閱讀牆壁上關於玄奘大師的巨幅略傳。看著取經路線圖上描繪的虛實路徑，理解他如何一心出發，出長安，經河西走廊，過玉門關，橫渡沙漠風暴，翻越帕米爾高原……，西行五萬里，堅定心念至天竺取經。那是一條途經一百多個古國，足跡遍布印度大小寺院，歷時十八年，堅定求法的問惑與辯疑之路。

我在古地圖前低迴佇足，腦海不斷搜索中學歷史地理課本上，可能曾出現的中亞古國地名。望著地圖上跨幅標注的漫漫長路，想著人生何其短暫，生命何其脆弱。即使處於現代，同等型態的苦行壯遊，都有危病致命的風險。

光是想像，都覺得不可思議的旅程。我不知道那是何等堅定的信仰與信念，才能如此投注一生學習與思辯的熱情，擁有不凡的勇氣與動力，面對內心的聲音，起身踏查追尋，那可能存在於他方的真理。

走出紀念館。感覺胸口暖熱，心情還迴盪在一種莫名感動的情緒裡。

玄奘寺觀景平台，視線極為開闊，日月潭、青龍山，一逕環抱的山景水色，盡收眼底。我想著走入玄奘之路獲得的啟示。路總是在前方。邁開腳步，總有意料之外的好風景。

那一趟以性命相託的路程，讓父親有別於其他追求者，成為少女心中託付終身的對象。

再見廬山溫泉

往來南投仁愛山區，不時看見路旁通往廬山溫泉的指標。當地老字號大飯店的廣告招牌看來還簇新，我在心裡納悶著，不都說溫泉區封閉了嗎？好奇曾有「天下第一泉」稱號的廬山溫泉，在縣政府二〇一二年公告廢止後的現況。

查了訂房網站。頁面上，仍有不少當地業者。檢索新聞，較近期的都是蕭條冷清、業者無力搬遷、違規營業等報導。我默默懷想著，年代久遠的廬山印象，想知道溫泉區的進行式，所謂沒有後來的後來，究竟怎麼了。

帶著追憶往事的情緒出發，迢迢遙遙，來到仁愛鄉。一路彎折迴旋，下切河谷。路形有點原始，車體在顛簸跳動中前進。四周蓬然生長的山林草樹，密密蔓生，一路沒有前後來車的蹤影，教人疑心前方的路況。

順著路形，來到廬山溫泉立體停車場。好幾層樓的規模，偌大建築體矗立在路旁。幽森洞黑，裡裡外外，重重的禁入封鎖線，拉圍起周邊地層滑動，建築物嚴重擠壓、受損位移的災害警示。進入老街前，這座封閉已久卻遲遲未拆除的停車場，宛如被遺忘在時間之外的荒墳。像是諭示著這溫泉區的命運，日光擱淺在封鎖線外，幢幢暗影，是厚厚堆積的歷史塵埃。

二〇〇八年辛樂克颱風來襲，南投山區單日降下一千多毫米的雨量。暴雨中，上游集水區的泥沙土石轟然而下，溫泉區北坡的母安山大規模崩塌，塔羅灣溪的河床一時間急速淤積堆高。

滾滾洪水挾著沖刷崩落的泥沙石塊，高速淹流衝擊，下游處的飯店、周邊民宿應聲倒塌或遭洪流吞沒。畫面怵目驚心，綺麗飯店、公主小妹飯店倒塌，橫躺在塔羅灣溪惡水中，宛若毀棄的玩具。多家飯店嚴重傾斜，賓館員工遭到土石流活埋……。

通往山區的聯外道路崩塌，交通中斷，在山崩水患的夾擊下，整個溫泉區猶如被土石流滅頂的孤島，滿溢著災變的驚惶與無解的悲哀。

那些眼淚串成的故事，烙印為歷史的傷口。山河多災，國土危脆。專家說，母安山每年仍持續往下位移滑動，倘若再經歷一次天災的考驗，預估大規模崩塌的土方量體，足以將廬山吊橋下方的溫泉飯店全數掩埋。

無法整治。最好的防災對策，就是撤守。

撤走的人離開了，不撤走的人或撤不走的建築、記憶，留了下來。守在這不知道還能守多久的地方。

在廬山歷經巨變十多年後，我又來到這裡。近午時分。老街空空蕩蕩，沒有人車。

旅店招牌錯雜，混搭著各式不同時期翻新搭建的建物。幾棟建築物的一樓店面打通做為旅店停車場，水泥毛胚屋牆內，曠闊闇黑，全都拉起長鐵鍊。

繞了一圈，兜兜轉轉，到塔羅灣溪岸另一端，挨著堤防停車。路旁一棟玻璃帷幕建築的大飯店，已經停止營業。彩繪圍牆內，長草叢生，枯葉混雜，造景庭園荒蕪已久。

縱然此來之前，對於這裡沉寂沒落的現實，早有心理準備。當一路行來，親眼目睹人去樓空，衰敗清冷的景象，內心還是不免唏噓發顫。曾經繁華的榮光，承載著多少人的青春記憶。當星移物換，追緬不可能倒轉的時光。我們與珍愛之人同遊往來的印記，不再有復刻重現的機會，今昔映照，不免感慨傷情。

曾不止一次聽母親提起，她和父親第一次出遊的地點，就在廬山溫泉。

二十歲的少女母親帶著妹妹赴約，父親由一位摯友作陪。兩台摩托車從台中一路騎行到南投。母親說，那年頭女孩子搭摩托車都是側坐，山路彎來彎去，路面又顛簸不平，好幾次人都險些滑下車。若不是她決定放下矜持，以安全為優先，雙手牢牢圈住父親的腰，人還沒到廬山，恐怕三魂七魄都丟了。我記得母親沉浸在回憶裡的神情，那年的廬山啊，是山村少女的青春戀歌。那一趟以性命相託的路程，讓父親有別於其他追求者，成為少女心中託付終身的對象。

「差一點就救不回來了！」廬山溫泉是母親的定情之地，卻是丈夫幼年時險些喪命之處。

丈夫說小時有次隨阿公阿嬤參加進香團旅遊，那次的行程相當熱門，除了參拜廟宇的宗教活動外，還到廬山玩一天，住宿泡溫泉。到了下榻旅店，阿公阿嬤和同行的鄰居婆媽們說要到老街走走逛逛。那時也不知道是什麼原因，彼時年幼的丈夫跟大人說他不想去，想留在房間泡溫泉。

早年到溫泉旅店泡溫泉，都是在客房的浴缸裡泡澡。或許是考量輪流泡澡也需要時間，阿公阿嬤同意了他的請求，幫他準備好一缸溫泉水，就去逛街了。大人怕他亂跑，特意關上廁所門，鎖了房門，把鑰匙帶走了。

他在密閉的浴室裡泡澡。那是他第一次泡溫泉。浴室瀰漫著溫泉水特殊的氣味，伴隨著冉冉蒸騰的熱氣，原來這就是泡溫泉，他感到額頭沁出豆大汗珠，頭昏昏的，全身放鬆，想睡覺。

再睜開眼時，他已經在房間的大床上。床邊圍了很多人。原來阿公阿嬤逛街回來，發現他昏倒在浴缸裡，已經不省人事了。大聲叫喚、拍打、按穴道……，各式口耳相傳可能有緩解、改善、些微幫助的救命術全都用上了。終於他悠然轉醒，阿嬤抱著他痛哭，嘴裡喃喃說神明保佑，說若不是自己腸胃有點不舒服，決定不逛了先回飯店，若再耽擱片刻，若孫子的頭再往下偏一點，恐怕就錯失搶救的時機了。

我還記得丈夫說起這段往事時的情景。那是我第一次到廬山。車程漫漫，山路連續彎轉，我處在一種頭暈反胃，冷汗直流，隨時就要嘔出發酵酸液的狀態。終於抵達目的地，走在一種風景區的熱鬧裡。有些特產店與餐飲店還派人當街吆喝拉客，氣氛愉悅鮮活。走逛一圈，轉移注意力，我不舒服的症狀已經消失無蹤。

走過廬山吊橋，俯瞰塔羅灣溪沿岸的景色。順著溪邊沿岸走逛，一路參觀每家飯店旅館民宿的外觀形制。那時的廬山印象，是吊橋畔、溪谷邊，這一頭那一端，大小旅宿商鋪聚集。土雞城、山產小吃店，溫泉煮蛋池、自助泡茶區、溫泉泡腳池、附設卡拉ＯＫ……，人潮帶來滾滾商機，也讓整個風景區洋溢著歡樂的鼎沸人聲。

幾乎是健行式的廬山巡禮。丈夫帶著我走遍了溪畔上下，溫泉區周邊的街巷小路，一路走到溫泉頭。

通往溫泉頭的山徑，橫跨溪谷，溫泉管線密密麻麻，或橫空拉牽或錯雜綁附，有的管線滲漏形成潺潺水流，有的頹然空懸在石壁間。凌亂暴露的溫泉管線，在當時看來反而是溫泉鄉的特有景觀，是溫泉來自水源地的保證。

走到溫泉頭。溪岸邊的店家商鋪附設溫泉煮蛋池，遊客買蛋、煮蛋、剝蛋，溫泉水的氣味彌漫在空氣中，溫泉水熱煙冉冉，霧氣蒸著每個人的臉。到處都是放鬆的喧譁談笑，雞蛋煮熟，剝殼，呼氣吹涼，大口現吃的連續動作，每張臉都是快樂滿足的神情。

那是我對廬山溫泉的具體回憶，也是這麼多年來，每次想到廬山，腦海裡都會浮現的畫面。

「現在那邊還有人在煮蛋嗎？」走在通往溫泉頭的路上，舊時商鋪，幽靜闃暗。廢置鐵皮屋、鐵門緊閉的水泥平房，空無一人。我想像著，或許是因為遊客少了，商家停業，或是因為官方明令廢止溫泉區多年，導致沿途護欄等設施朽舊，山壁間長草縱生、樹葉枝條野生披垂，像人跡罕至的路段。

帶著微微的擔憂向前走。想著或許會遇到人，走到了盡頭，終究一個人也沒有。標寫著溫泉頭、天然煮蛋池、溫泉浴煮蛋區、卡拉OK、泡茶上樓的商鋪看來已經歇業經年，屋宅騎樓晦暗潮濕。我匆匆拍了幾張照片，心裡有點怕怕的，只想快點離開。

原路折返。公廁出乎意料的乾淨，派出所旁的空地，一名男子著汗衫，正專注地洗警用機車。派出所前的道路護欄，一個個再利用的保麗龍箱，種植各式菜蔬植物。

老街上，有幾輛車停駐來去。飲食店已經開門，縱然一眼望去，是沒有客人的。「小姐，來，請你試喝健康醋！」特產店的老闆熱情招攬。我朝他點頭致意。

隔壁的溫泉旅社，一男子穿拖鞋坐在沙發邊，泡茶看電視劇。日子的模樣，彷彿就是這樣。

我要離開的時候，特意到吊橋邊拍照。吊橋上的「廬山」二字，還鐫刻的一清二楚。橋邊的麻糬老店，廣告招牌寫著：「蔣院長說：好吃！好吃！」

當時移事往，星移物換。我站在吊橋邊回望，那彷彿從二〇〇八年被土石流沖毀，就破落散置在溪床上的屋骸。想再多看一眼，牢牢記住這時刻的心情。

究竟什麼是廬山溫泉的現在式呢？而渺不可測的未來，又會將溫泉區的歷史帶往什麼地方？

烏來的樂園舊夢

想起媽媽說，「我們下次再來」，但再也無法實現的後來。生命禁不起太多延宕。

記憶很奇妙。有些地方去過很多次，總是依照習慣的路線走，來來回回猶如複習自己的心事；有些地方錯過了，總想著有朝一日勢必要去看看，但時光一直蹉跎，一錯過，往往注定永遠錯過了。

去過多次的地方，有著疊合心境的情感，而那些錯過且一再蹉跎的地方，不知不覺成為內心幽深的懸念。一種由想像、缺憾延伸而成的情感，在心底生根，久而久之，竟有著難以言說的輪廓。

譬如到烏來，搭空中纜車。到烏來許多次了，泡溫泉、逛老街、搭台車、看瀑布，卻始終不曾購票搭纜車進入懸崖峭壁上的樂園。

幼年時，一次和家人走長長的路說要去看瀑布。太陽好大，日光灼熱照得人眼花頭昏。因為大人說，路的盡頭有一座樂園等在那裡，我和姊姊都很雀躍，耐住性子，十分認命，沿著山路石徑奮力往前走。不知走了多遠多久，大汗淋漓，筋疲力竭，終於遠遠地看到一線瀑布從山壁高處傾洩而下。

順著高遠處望向天際，高空纜繩掛懸延伸，像是拋接著石壁斷崖的天險。我仰起頭，沿著纜繩循跡搜索，一看到天邊出現纜車車廂的蹤影，興奮地「那裡！那裡！」大聲比劃。據說，搭纜車時，居高臨下，瀑布水勢更壯闊，視野不受遮蔽，可以看得更清楚。

我們興致勃勃往纜車站走去，爬上高高的階梯，父親去票口詢問，原來纜車票包含在樂園門票內，一家人的樂園門票加總起來要花不少錢，況且當時已經是午後時分，能在樂園內停留的時間有限。父親在售票口的等待線外，猶豫再三。母親說，算了算了吧，山區天黑得很快，玩不了什麼。

我和姊姊眼巴巴看著進出站的閘口，滿心委屈。母親拉著我的手往外走，頻頻催趕：「走了啦！快點，快點！」我執拗扭捏著，僵著身體，不肯移動半步。「都騙人！你們都騙人！」我哭得很傷心。走了那麼久的路，才到這裡，別人都可以搭纜車，怎麼我們不能？

偶爾想起自己小時候負氣哭鬧的模樣時，總會想起當年在纜車站售票口外的心情。想起父親不捨得女兒的眼淚，再三盤算，眼看就要走向售票口，被母親擋下，不經意嘆氣的表情。

奉養高齡老母，生養四個女兒，父親肩上的壓力不小。每當回想到這一幕，多希望當年自己已然是個貼心懂事的孩子，聽媽媽的話，沒關係，我們下次再來！

多年後，我和友人搭乘林務局的台車，在匡噹匡噹，懷舊的觀光情調中，抵達烏來瀑布區。天色灰濛濛，雲霧濕氣重，周邊的山形水色全都籠罩在一片清冷的氣息裡。我跟友人說著童年往事，不時抬頭張望高空緩緩運行中的車體。

通往纜車站售票處的長階梯，放眼望去，是閒坐打盹的老者，有些帶著流浪的氣味，有些人腳邊擺置著幾樣蔬果或童玩。

「要搭纜車進入樂園嗎？」屬於這裡的輝煌時光已經過去。遊樂園不敵歲月，歷經幾次天災摧殘，拆除遊樂器材、地貌重建……，此來之前，我特地上網查閱相關資訊，從近來遊記、評論的圖文看來，樂園中有些壞毀的設施沒有進一步更新，廢置的空間漆色斑駁，猶如棄置於光陰中的場景。

天候不佳，眼看隨時要下雨了。徘徊在票口，遲疑半晌，終究還是過門不入，帶著遺憾離開。

那不曾抵達的遠方，幼年未竟的夢，在心底生根發芽。尤其當我不經意想起遠逝的父母親，想起細瑣的記憶片段，想起媽媽說，「我們下次再來」，但再也無法實現的後來。生命禁不起太多延宕。如有懸念，不要留有遺憾。

帶著這樣的心念，專程、遠道而來。

購票進站。空中纜車的彩繪車廂新穎現代，我像走進一個華麗的夢境，沿著纜繩滑行攀升，四面大片車窗投映著一幕幕立體環繞的藍、綠，白。那是天空、山林、浮雲點染出的視野，而瀑布真的就在車窗外，嘩嘩唰唰，襯著壯闊山景，傾洩出一道滔滔奔騰的白。

纜車行進間，窗景宛如切換挪動的鏡頭，當我還處在興奮、驚嘆、分辨、目不暇接的狀態，纜車已經到站。不過幾分鐘的時間，已然橫跨山谷，抵達這座興建於峭壁之上，台灣唯一搭纜車才能抵達的樂園。

僅能以纜車進出，近乎與世隔絕的狀態，讓這裡保有豐厚的天然景觀。牌樓、題字、勒碑、雕塑……，處處可見台灣早期遊樂園的老式氣派。

循著長長的階梯往上，一側是陡峭的巉岩山壁，一側是樹叢掩映的深谷。數以百計的水泥石階順著山勢彎轉延伸，彷彿沒有窮盡。一入園就得面對這樣登山健行等級的階梯步道，實在是體能的考驗。即使是老人、孩童、行動不便者，受制於園區的天然條件，也沒有更可親的替代方案。

我抬頭看見深谷的天際線掛著纜繩，仔細一看，上頭運行的是山間載物的流籠。住宿客的行李，載運上山的貨品物資，載運下山的垃圾廢棄物，全都仰仗這天際的運輸線。

階梯間的山壁，題字勒石。當年蓽路藍縷、開山墾荒的艱辛，特別是所需建材，開鑿興建的人力、物力運送，因為交通阻絕的因素，比其他地方要難上千萬倍。在這樣困險的條件中，山神有靈，赫赫神蹟庇佑開拓者。

上坡步道間，一處石窟洞穴內，紅燭光豔、香火繚繞。石壁上寫著彼時開荒之際，發生意外，如何獲得神蹟化解的傳奇。巖穴內的土地公，是樂園開拓史的見證者，也是這座山嶺的守護神。

一個老先生拿著相機專注取景。他走過來，客氣請我幫他和土地公廟拍照。他說，「年輕時來過一次，你看我都這麼老了！」老先生熱情爽朗，說自己一個人無牽無掛，一大早轉車到烏來，搭纜車入園，「來看看老地方，重溫舊夢哪！」

我稱讚他厲害。走這麼長的階梯步道，卻也不顯疲態，笑咪咪拿著相機到處拍照。他說，自己年紀大了，記性不好，趁還走得動，多拍一些照片「防呆」。以後走不動了時，可以慢慢回憶。

萍水相逢。老先生不經意的幾句話，說進了我的心坎裡。舉目望去，零星的遊客，大多都是中老年人。大家都像是踩踏著回憶而來，或許跟老先生一樣，重返老地方，有喟嘆，有欣慰。像探望一個老友，關心他的現況。

他們眼中見到的景致，不純然是時光中荒疏廢棄的設施建築，像是記憶的敲門磚，他們藉著走入似曾相識的場景，指認當年人事景物的樣貌。

我在樂園大飯店前，遇到父母帶著一對青年兒女的一家四口。那位爸爸指著大紅漆色、中國宮廷建築風的大飯店，說起當年的蜜月旅行。我在一旁隨著他指點比劃的方向張望，游泳池、別墅區、雲霄飛車、山地歌舞表演場……，他沉浸在檢索記憶的史料，像是兒女盡責的導遊。對這家人來說，父親口說的歷史，對照建築遺跡和地景變遷，眼前不只是滄海桑田的活教材，更是傳承上一代家族記憶的起點。

長滿藤蔓野草的水泥溜滑梯、拉起封鎖線的別墅區、封閉中池底厚積灰塵的泳池……，沿途所見的廢棄建築、停用設施，像是一直維持在某個破敗當下的時空。園區好大，走著走著，就遇到施工條封鎖線，壞損在時空裡的廁所、涼亭、桌椅，那昔日盛況中闢建的休憩設施，盡是暗影幢幢，百廢待舉的模樣。

自從樂園被劃入翡翠水庫的水源保護區，依法不得再新增機械設備，進行大規模的新建、整修工程。或許因為這樣，在設施逐漸老舊淘汰、遊客數遞減的狀態下，園區僅能維持基本營運。

沒有遊具設施，轉而以生態保育為訴求。從生態導覽、可以看螢火蟲等文宣內容看來，型態的改變正在進行中。這一大片華麗的山水，是它豐厚的資產，如何蛻變出老地方的新貌，確實是不容易的課題。

走進一處老照片的展示間。今昔對照，時空疊影。我驚訝地發現，方才走過那個水池步道，過去曾是歌舞表演場的地方，竟是早年雲霄飛車的所在地。「難怪水面散布著鋼架基樁！」

遺跡重疊著遺跡，往事浸泡著往事。那是歲月的層次，記憶的年輪。

我想起方才偶遇的老先生，他說的，重溫舊夢。想起自己帶著幼年的期待，終於在這麼多年之後到來。但是這裡已經沒有雲霄飛車，長型溜滑梯都爬滿藤蔓了。

時移，事往。我如何能回到童年，還給童年的那個小女孩一段樂園的回憶呢？人生，多半是錯過了，就永遠錯過了。

孩子的山林初履

三歲幼兒初履山林，他們在泥地裡種下一顆顆石頭的天真，有朝一日，會開出什麼樣的花呢？

成為母親後，心心念念盼的便是小寶寶哪時候長大，哪時候會翻身、會站立、會走會跑。總想著有朝一日要帶孩子往山裡去，牽著他的小手走長長的路，看樹看花，看他快樂地追著蝴蝶跑——那是我這種在鄉間長大的孩子，回憶中最美的風景。

帶小人兒走向山嶺之路，該從什麼時候開始？怎麼確定時機成熟，孩子的身心狀況準備好了？萬一走了幾步路，開始討抱哭鬧耍賴，又該如何因應？何況我要面對的是一對雙胞胎男生，他們有各自的喜好、習性與意見，開心玩鬧時兩人常常一個往東一個往西，頑皮地東跑西竄，教人心驚膽跳，忙不迭無從追捕。我有能耐帶著他們走向山徑，確保一路平安嗎？

一連串猶疑思索在心裡翻騰，車程距離、步道路況、人車動線……，要帶上兩名稚子行走，已然不是成為母親之前，沒有心理負累，說走就走那麼無畏單純。我在心裡默默盤算思考路線，不確定哪一處山徑，適合第一次登山的三歲幼兒。

帶孩子到彰化二水，走登廟步道。從山腳下彰化二水往上攀爬，名為登廟步道，是因為山頂終點位於南投名間鄉的受天宮。迢迢漫漫，橫跨兩個縣市鄉鎮，據說是早期山頂松柏坑居民，將在地農產一擔擔肩挑至山下二水買賣的路徑。那是台灣鄉間山村，老一輩人為了尋常生活，奔波勞動的跋涉之路，也是我成為母親之前，特別喜歡、常常走訪的一條路線。

喜歡這一處山林風景。沿途近處是竹林果園，遠處是果園竹林，山地裡的農務種作就在路旁，處處生機勃發，蓬蓬然土生土長。

分不清有主無主，無須鐵皮圍籬圈護分界，空氣中草葉的氣味淡淡的，偶爾會混著猜想是肥料吧，老式鄉間獨有的土味。

山裡種了許多高大的橄欖樹。青橄欖約莫是這裡的山猴最愛的果實了，樹下處處可見凌亂咬痕的青橄欖，有些被啃得精光，只剩果核，有些不知是什麼原因，囓咬一、兩口就吐掉，丟得滿地都是。

自然而然，不經意抬頭就會瞥見山猴的蹤影，不確定牠們在高高的枝椏上，在濃密樹叢枝葉間，跳動競逐的身影是在忙什麼，有時也顧盼，有時也停佇，有時搔首，有時這隻猴串連那隻猴，跳上躍下彷彿交換信息。

運氣好時，也毋須抬頭尋覓，山猴自在走盪於樹梢與土坡之間。大猴小猴，胖的瘦的，結隊成群出巡，不怕人也不閃躲。

猴群自顧自舒舒服服曬太陽，水溝間邊坡上，癱著肚皮這隻幫那隻抓蝨，另隻幫另另一隻搔癢。此猴去來，彼猴來去。小猴活潑伶俐，或走秀或馬戲；老猴慵懶散漫，或微瞇著眼養神打盹，或微張著眼出神沉思。千姿百態。山猴野生的日常，一幕幕一齣齣，猶如以天光為布景，山林為野台的即興演出。

若孩子見到那搔搔臉頰、抓抓屁股的猴模猴樣，會興奮得如小猴兒吱吱叫吧？

我在車途中不停回憶、描摹、想像，一邊用卡通配音員般，說學逗唱的口吻，渲染誇大為我們即將前往「猴子們的家」。那裡的森林有魔法，有好多綠色植物和彩色的花……，引起幼兒興趣的方法，就是多描述多問答。三歲小孩最是天真爛漫，多話熱情，彷彿你說什麼他都相信，你問他答，他問你答，每一處都好奇，每一處都新奇，很容易感到歡喜。

才下車，初抵登山口，孩子立刻被牆間色澤鮮豔的猴群彩繪吸引，兄弟倆你一言我一語，對著彩圖猴像拍拍摸摸。

晴光豔好，灼灼然照映在枝頭樹梢。濃密樹蔭下，微微濕潤的路面，還保有夜裡清晨時分，尚未被蒸散揮發的水氣。日光烘焙的山林，那水氣混著葉隙間的暖日，飄冉於草葉、枝幹與泥土之間。每走踏一步，每一呼吸吐納，都能感覺鼻腔吸入飽滿的清新。

我也同時發現，開闊的天然情境，對於都市人，或像我這樣習慣多慮的人來說，有著釋放焦慮的顯著效果。不正處於多方設想，帶著兩名稚子登山的各種狀況？一進到自然的情境，我就知道這不過是怯於嘗試的庸人自擾。

野地裡的孩子，像突然長出了雛鳥的翅膀，踮著腳尖走走跑跑，小小的步伐，踏著自由的節拍，簡直要拍著翅膀飛起來那樣快樂。

我笑自己，平日還用安全護欄圈著他們呢，居家生活，為了安全起見，對他們的一舉一動有諸多限制，不能跑、不能跳、不能拍牆拍窗、不能東摸西碰、大喊大叫……。

我完全沒有意識到，不久前還在懷中撫抱的嬰兒，已然高出床邊護欄半個身體。而我還能用以安全為由，裝設的各式床邊護欄、遊戲圍欄、廚房門柵、抽屜安全鎖，圈圍出一小塊安全無害之地，限制孩子、保護孩子多久呢？

他們在前頭跑跳，我在後頭又追又喊，小心！慢慢走！不要跑！看路看路！才剛拎抓住某一個的手腕，正要去牽握另一個時，原先拎抓住的又鬆手溜走了。

我喊他：回來！回來！等等媽媽！叫你回來聽到沒？

那小子停步回頭，對我的大聲呼叫，頑皮一笑，又搖搖擺擺，一股腦兒往前衝了。不受控制的自由實在誘人，手上牽握住的這一個，見狀也立即掙脫我的手，拔腿往前追去。倆小子有伴壯膽，見天寬地闊，毫不遲疑就去闖蕩了。

林間冒險的能力彷若天性，教我不敢相信，這步道設施固然完善，路形極佳，好幾公里的路途，大人尚需一步銜接一步，慢慢走調勻呼吸，三歲幼兒第一次爬山，真能這樣一路你追我跑，蹦跳上山？

我在心裡暗自驚嘆兩人的表現，愛操心的母性，又讓我不敢掉以輕心。

漸漸我便發覺，對孩子而言，任何一次探險並沒有預設的主題，也沒有既定路線可言。一切純然是隨機的因緣際會。過度刻意、固著強求，反而失去體會當下各種可能的樂趣。

譬如山行中途，我的心裡不斷惦記著猴子呢猴子。在目光緊緊跟隨兩名稚子之際，仍不忘時時張望顧盼，在樹梢枝頭、綠林掩映間尋尋覓覓，總想著猴子不在這兒，應該在那兒了吧。說不定這時刻冷不防就要竄出一、兩隻猴了。這樣的念想縈繞在心中，盼而不得的懸念，讓心變得有點空。

兄弟倆則不然。山行中途，他們有自己即興發明的樂事。

一會兒特意去踩踏小徑邊緣厚厚堆積的落葉，高高抬起腳，一踏再踏，再三再四，看哪一片葉子飛得高；一會兒想撿拾路旁的枯爛樹根，一人拿了一小截枯枝，拄地，駝著背用低沉嗓音模仿：我是老爺爺！呵呵呵！

走著走著，不忘反映手上的枯枝太短，當拐杖不合用。他們走走停停，不時岔出林道，為了挑撿一根心目中理想的樹枝。

對於一心想往前走，把抵達山頂，視為明確路線與目標的我來說，一路頻頻催趕：快點快點，走了走了，我們去前面找，前面還有更多……，催趕勸說鼓吹，乃至於直接拎抓起雙寶的手腕，試圖直接帶走都宣告無效。

最終只能忘掉前方的路，拋開預設的目的地，學習用孩子無所為而為的視野看世界。

我也才領略，這一趟路的價值不在於走了多遠。和孩子相處，帶孩子出門，不要心急，不要趕著下一步，非得按照計劃，達成什麼積極目標。隨遇而安，寬心才能自在。這不也是任一趟完美旅程的奧義嗎？

路邊石椅旁，他們正坐在泥地上，使勁用樹根、用手指摳抓掘地。

衣褲、身體，髒就髒了。這是身為母親的覺悟。

我已經放棄喊叫：起來！屁股都是泥土了！不能坐地上！用樹枝挖，不要用手指耙土！土不要撥那麼高，沾得臉都是沙啦！手很髒，不可以放嘴巴……，隨著雙胞胎的成長，育兒日常，我的驚嘆號已經用得太多。每個膽顫心驚或是超出容忍範圍的提醒、告誡、訓斥，彷彿都是不要怎樣，不可以怎樣，各種限制的總和。

這一刻，山林野地中，當他們坐在泥地上，使勁忘我地掘地，挖了小洞，種了石頭，又挖了小洞，種了落花。他們興高采烈跟種下的石頭與落花說話：要乖乖哦，快點長大哦！那口吻，又輕又軟，猶若兩人嬰兒時期，每個睡前時刻，我拍撫著他們胸口時，溫柔許下的期盼。

我不再催促他們。前方有路，快快走或慢慢走，都沒關係。為了撿拾路上的石頭、樹下的枯葉、草叢間的落花，流連不去，席地而坐也很好。我想起幼年跟著家人到山上果園工作，我一個人百無聊賴，以大小石子泥堆土塊，扮家家酒的時光。

我在孩子身邊坐下，看他們費力挖一小坑一小洞，泥地雜草間，擺設鋪排，又種又埋。任務完成，心滿意足。他們拍拍身上的泥土，踮起腳小跑步，繼續往山巔前進。

望著兩人的身影，我不禁想像著，三歲幼兒初履山林，他們在泥地裡種下一顆顆石頭的天真，有朝一日，會生根發芽，開出什麼樣的花呢？

親密的放牧時光

帶幼兒出遊不要貪心，別想著要踏遍千山萬水，未竟之處，不如當作留有餘裕。

「牛牛哞哞哞，小羊咩咩咩，猴子吱吱吱，鴨子呱呱呱，小豬拱拱拱……」，雙胞胎很興奮，手舞足蹈不斷重複著我隨口編唱的動物歌，一會兒又添了小狗闐闐闐，一會兒又問小鹿呢，小鹿怎麼叫？

小鹿怎麼叫？雖然沒聽過鹿的叫聲，憑著腦海裡大學時期背過《詩經》「呦呦鹿鳴」的印象，我跟著孩子的唸唱節奏接龍，「小鹿呦呦呦、馬兒嘶嘶嘶……」。

兄弟倆剛滿三歲，隨著我的語調，呦呦嘶嘶搖頭擺腦。兩人一邊唸誦一邊笑，「好奇怪，怎麼馬會嘶嘶叫？」

提高聲調、拖長音節，「咦？對啊，馬怎麼嘶嘶叫？」我用說故事的誇大口吻，附和孩子的提問。我也沒聽過馬的叫聲，不確定牠是否真的嘶嘶叫。成長過程中，我和多數現代人一樣，對於鳥獸草木的認知大半來自書本知識，親自感受獲得的經驗，相當有限。

前往牧場的路上，和孩子說說唱唱。在我的想像裡，三歲的他們應該已經可以盡情跑跳在廣袤的原野上，應該也能接受卡通兒歌那種玩偶造型外，動物們的真實形象。希望孩子有更多機會去親近真實，不光只是透過書本、圖鑑、影音去認識世界的面貌。

帶孩子出門，設施完善、路線安全最為重要，林場與牧場最是輕裝走逛自然的首選。兩者相較之下，牧場裡飼養動物多了互動的趣味，特別適合年幼的孩子。尤其是牧場有大片原野和草坡，終於可以鬆開孩子的手，讓平日在都市、在大樓屋宅、在安全圍欄內圈養的孩子，獲得片刻肆無忌憚跑跳伸展的放牧時光。

第一次帶孩子到牧場，那時兄弟倆一歲多，剛學會走路。我帶了雙人推車、嬰兒揹巾腰凳，保溫罐裡裝滿一早熬煮的南瓜蔬菜粥，帶了兩人份的奶粉、奶瓶、尿布、濕紙巾、衣服、玩具……，嬰幼兒出門要準備的東西好多，因為隨時會有突發狀況，出門在外，備品齊全可以減少臨時無處張羅的壓力。

成為母親前，說走就走輕裝出發，毋須多慮，生養雙胞胎後，凡事以他們的需求為優先考量，帶了大包小包，複沓拖累，行動再也不輕盈，有時反而像是父母負重勞動的苦行。

牧場有許多上坡路，我和丈夫輪流推著雙人推車。有些路段沒鋪柏油或水泥，車輪喀拉喀拉輾行在碎石子路上，不時偏斜歪扭，推動相當吃力。兄弟倆倒是被不斷抖動的車體震出笑容，抖抖抖叮叮叮，他們隨著不知從車體哪邊傳出，彷彿震得快散掉的金屬振頻，發出仿擬笑鬧的音效。

天氣酷熱，孩子的臉頰曬得紅通通，汗流浹背的我，幾度動念把推車丟在路旁，讓孩子下車用走的吧，只是一歲多的孩子走路搖搖擺擺，重心不穩，碎石子尖銳就怕跌倒受傷。

到了山羊牧區，寬木板沿著草坡地勢豎為格柵。一隻隻棕色山羊伸長頸項，推擠探頭於木欄外，爭先恐後嚼食遊客遞出的牧草。

我問兄弟倆，要餵羊嗎？兩人第一次看真羊，也許是羊的體型太大，超乎他們腦海中Q版可愛造型的印象，兩人的表情專注而嚴肅，我把推車推近柵欄，想讓他們看得更清楚，更親近些，弟弟竟有點驚恐，幾乎快哭了。

「不怕！不怕！」我趕緊把推車往後拉，安撫弟弟的情緒。哥哥倒是興致高昂，要我把推車向前，他要看羊。雙胞胎的日常屢屢是這樣，一個要往東，一個要往西，教人左右為難，分身乏術。

我用腰凳抱起哥哥，他像隻無尾熊雙手環住我的脖子，雙腳圈住我的腰。我要他自己下來站著，他堅持不肯。弟弟見狀，也急著掙脫推車安全扣，討著說他也要抱。總是這樣的，抱一個，另一個也要比照。日常無數次的你哭我鬧，你鬧我哭的前奏曲，就這樣開始。若把哥哥放下來，改抱弟弟，哥哥勢必大哭；然而，弟弟眼巴巴等著，噙著的淚水就要宣洩而出了。媽媽只有一雙手，那該怎麼辦？

「爸爸抱抱，好嗎？」這是最好的結局。丈夫抱起弟弟，我跟著附和遊說，這一次策略成功，弟弟安靜下來，沒有抗議。

我單手撐抱孩子，單手拿牧草餵山羊，孩子偎在我的懷裡看羊吃草，怯生生不敢遞出牧草餵羊。

到兔子的家時，兩人大膽了起來。或許是兔子的身形比較嬌小，「小兔兔，小兔兔……」，哥哥沿著木樁軟聲叫喚，彷彿在尋覓自己養的寵物。一旁邊有個小姊姊拿著菜葉餵兔子，弟弟看得出神，挨著我的腿，說也想餵小兔兔。我們買了餵兔子的菜葉。他們握著菜梗，看兔子搶食張嘴，嗯嘛嗯嘛，快速咬嚼菜葉，菜葉快吃盡，小兔兔的嘴巴都快碰到手指了，好像也不感到懼怕。

或許人皆有照顧弱小的本能。那時兄弟倆都還不太會自己吃飯，要人餵食呢。與小動物的第一次接觸，從被餵食進階為餵食者，孩子很開心，回家後還興味盎然，說自己已經長大了。

初次帶孩子到牧場的經驗，雖然疲累不已，回想起來，仍舊是美好的。我也漸漸發覺，帶幼兒出遊不要貪心，別想著要踏遍千山萬水，走逛完每個遠近地標。未竟之處，與其看作留下遺憾，不如當作留有餘裕。日子還長，留下懸念，多了動機，隨時可以規劃重返。

這一次，三歲的孩子已經可以恣意奔跑了。沒有帶推車、揹巾腰凳，也沒帶奶粉、奶瓶、副食品，隨著孩子的成長與經驗的累積，出門的裝備和當年相比，已經少了許多。我也成長為更有自信的母親了。

抵達牧場，先是一段長長的坡道。當年夫妻倆輪流推著雙人推車，一路上坡氣喘吁吁的景象，還深深烙印在腦海。而今，兄弟倆在眼前追逐跑跳，嬉遊的步履飛奔如風，這劇烈的反差讓我不免懸著心，不時連聲叫喚：小心！等等！不要跑，慢慢走！他們在前頭憨笑，我又喊又跑，緊追在後，仍舊是氣喘吁吁的模樣。

走到園區大廣場，路旁停放展示了好幾台不同型款的耕耘機。小男孩愛車，遠遠瞧見便熱絡高聲尖叫：「有車車！有好大好大的車車！」樂得手舞足蹈，步伐搖擺偏斜，彷若腳不沾地似地飄移旋轉。哥哥一箭步跨上一台紅色機具，弟弟隨即也奮力撐起身體，坐上另一輛藏青色的改裝農機車。這幾輛耕耘機，宛如載著孩子進入農場的異想世界，開啟了自由穿梭想像的時空。

假如沒帶孩子來，不會發現他們這年紀的快樂，那麼簡單。我對孩子接觸牧場動物的印象，將一直停留在當年，不會有機會見證他們逐步認知世界，與環境自然互動的成長。

一如此刻，在山羊牧區，哥哥嚷嚷說要餵羊。自顧自對著羊圈說話，招攬叫喚，來來來！都過來！柵欄旁設置了無人攤位，孩子自己拿一袋羊飼料，我教他們自己把硬幣一枚一枚投入良心箱。

買好飼料，將飼料倒入水瓢勺子裡。每隻羊看起來都好餓，各個拉長脖子、伸長舌頭，急於張嘴舔食的樣子。兄弟倆忙於應付一遞出勺子，羊群一擁而上，推擠搶食的狀況，頻頻喊，「停！停！暫停！不要擠！慢慢吃，不要急！」

羊群哪裡懂得人話呢？一逮到機會，長舌頭嘶嘶唰唰不留餘地。粗暴一點的，甚至用力扯咬，把飼料勺整個搶走。「停！停！暫停！你壞壞！不可以搶！」哥哥大聲斥喝無禮的山羊，他相當投入於公平正義的餵食管理。

紙袋中的飼料一下子倒光了，弟弟拉著我的衣角為羊群請命，央求再買。他有自己「發明」的餵法，沿著柵欄，將勺中飼料撒在邊界。那些羊攢低著頭，抿唇舔舌滿地找飼料。吃到飼料的羊變多了，他很得意自己的發明。

循著牧場動線逛遊，又餵了小鴨子、小兔子。透過經驗的累積，孩子已經更能掌握餵食飼料、菜葉的技巧，懂得觀察每種動物的特徵習性，享受透過餵食和動物互動的樂趣。

「忘記看馬啦！」遠遠瞧見前方一輛大卡車，車邊有好幾隻綁了韁繩的馬匹。哥哥發現新大陸似地，回頭大喊，「這裡有好多馬！你們快來！」弟弟跟上哥哥，也扯開嗓子，跟著叫陣：「這邊有馬！爸爸媽媽快點來！」兩人停下腳步，遠遠看著馬群，想親近又不敢太接近。

我站在他們身旁，觀察這群不知道是剛下車，還是將上車的馬匹。各色馬兒看來都很溫馴，大多只是站著發呆，或有無聊，輕輕挪動前後左右腳，或是低下頭，地上腳邊沒事東舔西舔。

弟弟問我：「怎麼牠們不叫呢？」他還記得我們這次的「行動任務」，是要聽聽動物的叫聲。哥哥說：「牠們在休息啊。噓！噓！安靜，不要吵牠們。」

輕聲繞過卡車旁的馬群，一路下坡，往出口走。哥哥說，我好累，走不動了。雙臂圈住我的腿，說媽媽抱我。弟弟倒還精神奕奕，一邊把玩途中撿來的小黃花，一邊哼哼唱唱。我哄著哥哥：「你長大了，不用抱抱了。快到了，快到了，你很厲害！立刻『加速度，變身！』」我提高語調，仿擬變形車卡通的台詞，抓著他的手，往前衝。

「加速度，變身！」弟弟也加入衝鋒的行列。我們快速衝下坡，感覺夏日的風徐徐吹來記憶與感動。

鬼洞裡外

當我牽著孩子，從鰲峰山公園攀繩嬉遊的人潮中走出，有一種走入戰事歷史中的恍惚之感。

遠方戰火蔓延。新聞報導傳來一段段砲火肆虐後斷垣殘壁的景象。記者進入一幢漂亮的別墅民宅，登上二樓，眼前是彩繪刷浪漫粉紅漆的兒童房，白色木質上下鋪的床組，是古典溫馨的鄉村風格，然而床前牆面已被砲火炸出一個懸崖大洞，記者站在樓板裸露的邊上，畫面風切聲呼呼，懸掛在床頭天花板的可愛小玩偶吊飾兀自擺盪。

孩子問我：「大砲把牆壁炸破了？」

「有人死掉嗎？」

「他們逃走了？」

「小孩子都去躲起來了？」

「躲在沒有大砲的地方？」

五歲的孩子，對世界充滿好奇。什麼是戰爭？為什麼要打仗？透過一連串的問句，他正在建構自己的認知。新聞播送的步調好快，我屢屢來不及看圖說話，完整回應他的提問，下一則報導緊接而來。一群民眾挨擠在局促的坑洞內，有人蹲坐倚靠，有人蜷曲躺臥，他們身上穿著厚重大衣，或者半披覆半包裹著毛毯，氣溫應該很低，說話的人呼出像煙圈的熱氣。

不見天日。朝不保夕。坑洞中，一張張疲倦、警戒、無助、驚魂未定的臉龐，說明了個人之於無情戰事的渺小。歪著頭，依偎在婦人懷裡取暖的小男孩，面無表情，若有所思。

前塵往事都是夢。能順利抵達坑內，有個暫時歇息，不必亡命奔逃的棲身之處，已是歷劫之後，當下得之不易的幸福。至於明天、將來，坑洞外劇變的世界，茫茫惶惑的未知，那無法操之在己的命運，是畫面之外，最深沉最痛苦的無奈。

遠方有戰爭。我們在遠方。這不只是余光中的詩句，不是電影特效。「有戰車狠狠地犁過春泥。有嬰孩在號啕……」。

關上電視。我喊著孩子該洗澡了。

孩子問，躲在坑裡的人要洗澡嗎？想上廁所怎辦？我說，四處都在轟炸，逃難避難命都顧不了，非常時期，自然是什麼都不方便，都得克難委屈將就。戰火中，哪裡有能好好洗個澡的條件呢？

一切都是想當然耳。生長於太平盛世，我和大多數人一樣，並沒有經歷過戰亂年代。對於戰爭的薄弱印象，僅是國小時期，警報聲響，大家要迅速撤離、到指定地點、蹲下掩蔽的防空演習。

或許因為這樣，當我牽著孩子，從鰲峰山公園攀繩嬉遊的人潮中走出，走上木棧道，走入「清水鬼洞」，會有一種探險揭密，走入戰事歷史中的恍惚之感。

「鬼洞」掩蔽在山體之中，名為橫山戰備坑道。這是二次世界大戰末期，日本在鰲峰山半山腰開鑿的軍事地道。

當時太平洋戰情緊張，日軍在全台各地布署備戰，在各海岸構築防禦陣地，在各山區挖掘戰備洞窟，貫徹「全島要塞化」的作戰策略。

鰲峰山居高臨下，具備監控海線的戰略優勢。日軍在這裡鑿山挖路，闢築地下營壘。坑道內，主線支線四通八達，據說總長有四公里多，貫穿鰲峰山腹，甚至可直通大甲溪南岸。

坑道竣工後，隨著日本戰敗投降，台灣光復，坑道荒廢湮沒，山嶺草葉叢雜蔓生。人跡罕至，加上蟲蛇出沒，軍事遺址成了在地人口中影影綽綽的「鬼洞」。

鬼洞。光聽名號就覺得陰森了，腦海裡自動會描繪出諸如蝙蝠洞那種潮濕、泥濘、闃黑、窄擠、壁面長滿苔蘚、氣味悶蒸溽爛、一路得彎腰低頭伏身、飛的爬的各式蟄伏在暗黑世界的蝙蝠老鼠蛇蟑螂、腳底踩到軟爛黏腥的腐鼠……，各種讓人渾身不舒服的情境。

我在入口張望。坑道有燈有指標，鵝卵石牆面、水泥地面圈出洞穴範圍，看來舒爽乾淨，沒有髒亂可怕的跡象。在管理室登記姓名，領取參觀證，牽著孩子的手，走入坑道內。

進入鬼洞主坑道，第一個感覺還是陰涼。室外光線耀眼，走入地下坑道內，縱然有照明設備，還是感受到光線反差的幽森昏暗。

孩子問：我們要走去哪裡？

聲音嗡嗡在石壁間擴大迴盪。坑道幽閉窄仄、情境單一、綿長無窮盡的感覺，大概就是這樣。看不見出口，不知道前方是什麼，會通往哪裡，很容易就會讓人擔心起來。

主坑道盡頭，是一道鐵柵門，標示為儲藏室。由分岔口進入更形狹長的副支坑道，開始有一些空間設施。幾個石壁分隔，標示為寢室的空間，是一大片水泥石砌的高台通鋪，另有標示為儲藏室、戰備用水及廚房的空間。長一百五十餘公尺的副支坑道，後端設有崗哨，最盡頭的空間標示為廁所，是早期茅坑式的水泥溝廁。

資料上說，這個坑道內可駐紮兩百多名士兵。我想像著他們在這樣狹長低矮的活動範圍內，穴居蟄伏似地戰備日常。

「為什麼阿兵哥要住在坑道裡？」

「是不是躲在這裡才不會被敵人的戰機轟炸？」

五歲的男孩，繼續發問。他不理解的戰爭，有太多為什麼。

他記得電視新聞外電報導中的轟炸和戰火，記得躲在防空洞中的難民。而今我們走入昔日的軍事戰備坑道中，走入歷史遺跡的現場，學習理解前線部署備戰臨戰，非常的日常。

我們在一連串的「為什麼」中折返。坑道的設置宛如H字型，由H的橫槓支坑道，連通至另一側的副支坑道。

這一條副支坑道主要的功能為守備防禦。坑道兩端都有崗哨、狙擊區，盡頭都有窄長石階往上，通往機槍堡。

孩子對於狙擊區的掩蔽設計相當感興趣，一下子當入侵敵軍，一下子當狙擊手，這樣守那樣攻，來回跑動模擬。

副支坑道盡頭，對稱的兩端，可走上窄長石階高台，機槍堡。巨大的轟隆聲響在坑道內震動迴盪，走上階梯一探，出入口已經封閉，安裝在三個碉堡窗上的大型抽風機，正風雷電掣，強力運轉。

抽風機運轉聲，讓人心神擾動。孩子掩住雙耳，急著喊快走快走，倉皇走下石階。這不是砲火聲呢，但孩子很害怕。走近副支坑道另一端點的機槍堡，說什麼都不肯再攀上石階，接受抽風機具轟隆的迫擊了。

原路折返，步出坑道。午後的日光灼熱刺眼，鬼洞裡外，全然是平行時空，兩個世界。像是走入沉浸式的歷史空景裡，看見停格的昨日，回到燦亮的現實，思緒悠悠恍恍，還在情境裡，一時間回不了神。

遠方有戰爭。歷史遺跡在近身處。孩子拉了拉我的手，繼續他的十萬個為什麼。我握住他的手，幸福從來得之不易。

搭海牛車遠走

悠哉慢晃，牛車上的旅人時光，在牛步的韻律中，慢慢搖晃出古早味的農村曲。

抵達白馬峰普天宮時，剛過了正午時分。從西濱快速道路駛來，曠闊無遮蔽的晴朗天色，伴隨沿途空荒單一、蕭索清冷的景致。在襯著透亮日光的灰茫天幕間，海岸線時隱時現，風力發電機組的扇葉在天與海之間，兀自運轉。

很難想像，這個一眼望去，有著土角厝、三合院、老舊磚牆低矮房舍的鄉下地方，竟有一座如此巍峨氣派，參天高聳，規模堪稱全台之冠的媽祖廟。媽祖廟做為芳苑的地標，腹地廣大的廟埕提供香客停車、攤商市集的空間，也為這個傳統漁村提供了發展觀光的條件。

在廟前停好車。打開車門，海風颼呼而至。風颳得起勁，我的遮陽帽屢屢快被吹走，大太陽底下，甚至會覺得冷。

牽著孩子的手，走向集合地。已經事先報了名，看準日期、因應潮汐，此行我要帶孩子搭採蚵車深入潮間帶。

很難說清，內心對於台灣西部沿海地區潮間帶的眷戀。從少女時期開始，一遍遍走入潮水退去的海岸線，走入那種一腳踩入會深深陷落的沙灘泥地。那種近似於出走的情懷，對應小漁村的勞動日常，我將心事寄託投射其中，不知不覺走到了中年。幾次帶稚子到王功，在濕地近處堆沙堡玩泥巴，每每看到載著遊客的鐵牛車從遠方駛來，總想著，下次就帶孩子搭鐵牛車去更遠的海，更遠的潮間帶，那沒有蚵農帶領無法安全抵達的遠方。

這次，專程為了實現這個心願而來。我在老伯的指示下，換上工作膠鞋，孩子也有兒童雨鞋可換上。各地前來參與的人，雖然彼此素不相識，但是看得出都很期待這個旅程。

鞋剛換好，聽見吆喝上車出發的聲音。「小孩子坐牛車！一、兩個大人陪小孩坐牛車！」屋外有一頭牛，一輛牛車，還有幾輛待命的鐵牛車。我們很幸運，在眾多遊客中，得以因為孩童的緣故，搭上牛車。

牛車採蚵，獨別於他處，是芳苑專有的產業景觀，已經被列入保護的無形文化資產項目。在牛隻愈益減少，機械化取代傳統勞動力的年代，鐵牛車已經成為農漁運輸的主力。

「現代要養牛沒那個環境，一隻大牛一天要吃多少牧草！」老伯說。放牛吃草的俗諺在現代廣噴農藥的情況行不通，「去喫到噴藥的，牛差一點就『烏有』去了！」儘管如此，所幸縱然老人和老牛相繼凋零，芳苑漁村還有幾隻牛，黃牛拉車入海採蚵，假日也載遊客。發展潮間帶生態觀光的鐵牛車隊，加上一輛牛車的陣容，就成為芳苑有別於王功的亮點。

攀上牛車。車斗前架著橫木，可容兩個人挨著身坐。車斗內又放了幾個塑膠椅凳，老伯雙腳懸空，坐在牛與車斗之間，他手上的小木棍如指揮棒，但彷彿眼前這牛是遙控的，心電感應吧，老伯只是坐鎮其後，一派悠閒，沒看見他忙於「駕牛車」。

這叫「海牛車」。海牛，實則能入海的黃牛。黃牛怕水，要訓練一頭黃牛成為海牛，並不容易。老伯說，因為黃牛怕水的天性，對於潮水的漲退會比較警覺。海牛拉車在蚵田工作，不用擔心涉水機械故障，這一點比鐵牛車好。

坐在牛車上。看海牛負軛拖著牛車，緩緩款款挪步前行。市街上的遊客拿起相機，對著過街海牛車拍照。牛車上的我們，成了快門下的風景。

發燙的柏油路與迎面錯身的機車、汽車、農用運輸車……，我在心裡暗自佩服怎麼能把牛隻的心性訓練得如此穩定，溫順而大膽，不怕車，不受到路況驚嚇。

搭著吸睛的牛車，招搖過市。穿街走巷的路線，全然不用老伯提醒，感覺這輛牛車全然是「自動駕駛」狀態。但所謂「牛步」，果然是真的。悠哉慢晃，牛車上的旅人時光，在牛步的韻律中，慢慢搖晃出古早味的農村曲。

我和孩子都是第一次搭牛車。坐在搖擺的車體中，看海牛挪移步伐、甩動牛尾、搖頭蹭鼻，因為坐在牠身後，得以近距離仔細觀察牠的舉動。

看牠從人車雜處的市街鄉道，把我們穩妥地載行到海邊。海水灰茫，遠處近處，海風迎面颳來雨的氣味，暗雲湧動，潮水在牛腳下牛車邊拍擊著水泥海路堤岸。這樣的海！海水退去的潮間地帶。親近而疏離，親密而分散。

而此時何其有幸，可以仰賴海牛車前進，去到海路迢遙的遠方。鐵牛車引擎聲噗噗掠過，海牛也像通曉人事般，邁步趕赴海上沙洲蚵田會合。

此來之前，我完全沒想到搭海牛車會是這麼長的一段路。當海牛停步在鐵牛車隊旁，老伯告知海上蚵田到了，我甚至有此行已經圓滿的感覺。

蚵田之旅的豐富層次，不僅在於自然生態景觀，還有在地居民以推廣蚵鄉生態文化為職志，舉辦的活動與解說。

我和孩子在解說員的引導下，拿取一疊紙錢「經衣」，迎風撒向海面。那是海的子民敬天畏海，對於冥冥之間的魂魄表達敬意，也祈祝活動平安。

幾位工作人員拿來一大桶剛採割下來的蚵串。我們戴上麻布手套，學著如何用虎口手掌使力，拇指雙掌反向錯位，扳開層疊黏著的厚硬蚵殼。蚵殼盤結粗礪，牢附錯合，即使戴著手套，以指以掌使勁蠻力扳剝，都覺得刺扎刮痛，不得其法。

當我們還在和蚵殼苦戰，準備投降之際，蚵田間又有新活動。解說員拿來長竹竿，要夫妻、親子、朋友依序兩兩組隊。這名為「搖蚵柱」的活動，需將長竿插入軟爛濕泥間，短時間插得愈深者獲勝。我和孩子們賣力搖動長竿，前後左右如搖桿推進鑽土，短時間已氣喘吁吁。綁附蚵串的蚵柱，終年在海水的滌盪，強勁海風的吹拂下，必得要鑽得深穩扎入泥層底，才能確保蚵架能承載蚵串的重量。

眾人有模有樣「搖蚵柱」，以趣味競賽的方式，體驗蚵田設置不易。活動未歇，另一頭又有吆喝聲：「小朋友每個人拿一個刷子，來幫牛洗澡！」海牛卸下牛軛，搖動尾巴。孩子們站在牠身旁，感覺新奇又有點害怕，拿著刷子在牛皮上來回比劃，幫牛洗澡。

海牛洗完澡，繼續上工。牠載著我們走入一片彷彿更遠，四望無邊際的潮間濕地。孩子跳下牛車，拿著小鐵耙工具，名為挖蛤，實則開始在泥灘大地上作畫。招潮蟹、和尚蟹、不知名小貝類……，泥灘上隨時有新發現，晚雲海風中，孩子們頻頻驚奇呼叫，你看！你看！有這個！

我拿起相機，以海為布景，捕捉孩子天真的笑顏。海的彼端，海牛若無其事，正低頭吃草。在夕陽之下，我靜靜看著他們，看著這片隨潮水漲退變換樣貌的幻海浮壤。想記下小漁村這一刻的真實。採蚵車、海牛與蚵田、致力發揚宣說家鄉之美的有志之士……，將感動深深銘刻在腦海。

潮間帶孤獨

我們探看景物，寄託情思想望，景物從此也鐫刻了日常悲喜的色澤，成為記憶的標點。

記憶中有一面海。海的味道鹹澀，風吹來，濕濕黏黏，夾雜空氣中說不清是土氣還是泥味，那種鬱鬱悶蒸的氣息。彷彿是台灣西部沿海漁村的場景，日光與海風相連，成為勞動與蕭瑟的布景。潮水輕輕搖晃拍擊著畫面，舢舨排筏停泊擱淺。像一段喑啞的故事，只剩下從前從前。

很年輕的時候，並不太懂這面海之於自我的意義，隨興到訪，很輕易地離去，並不覺得有什麼缺憾。

涉世漸深，沉浮在死生聚散的緣起緣滅裡，海色蒼茫的意象浮映腦海。很想去看看記憶中的海。並不朗闊，其實抑鬱的基調，跟人生好像。卸下防備偽裝，坦誠內心的疲憊脆弱，看潮水退卻，裸露出記憶的泥石，真真切切與自我對話。

那是多久以前的事呢？帶著心事出走，來到芳苑王功海邊。我曾寫下它的再興與風華，養蚵人家的勞動與辛酸。

那時父母還在世，我長年獨居大城讀書工作，心裡惦記著家鄉日益衰老的父母，可是卻什麼也沒為他們做。假日返鄉返家，如同作客，吃飯、睡覺，看電視。百無聊賴切換電視頻道，打發時間。我是岔出軌道的過客，旁觀父母日復一日無休止的勞動，想要幫他們分擔一些辛勞，卻發現自己根本幫不上忙。

羞於感恩示愛，不知道該如何表述身為子女對父母的心疼，也愧於面對猶如逃避承擔家庭責任的省思。

還沒有辦法近身坦蕩描述家的景況，卻又覺得滿腔都是想說的話語。我一遍遍描摹勾勒的情懷，說來都是近鄉情怯的演繹。欲語還休，懺情有悔。

我常去的那面海，或許能理解這些吧！理解像我這樣終年漂泊異鄉的家鄉客，回到熟悉的土地，察覺內心油然而起的陌生感，那麼強烈而孤獨的自我懷疑。

我不知道當時何以能夠把情感無保留地投射出來，人與人，人與景的遇合相契，本來就不需要任何理由。

越過樹林，走長長的堤防，來到王功濱海的潮間帶。風力發電機組沿著海岸線矗立，延伸到看不見盡頭的遠方。

在海水漲潮到最高位，和退潮到最低位之間的距離，獨別於他處，這裡的潮間帶，放眼望去都是蚵架蚵田的景觀。當潮水往復來去，蚵架上的蚵苗，在海水的浸潤、淘洗、滌盪間，一日日熟成滋長。退潮時分，潮間帶的水泥路延伸在近處遠處的蚵田間，蚵農駕著鐵牛車到蚵田工作，或載著採收的蚵串回來，日子紮紮實實，討海營生並不輕鬆，遂讓這裡的風景不同他處，有著寫實生活的厚度。

因而我喜歡在退潮後走進潮間帶，走在當地為了鐵牛車進出方便，築起的長長海路。海路漲潮時湮沒消失，退潮時與蚵田蚵架一起浮現。在潮汐漲退的時空間隙，海路浮現與湮沒之間，在潮間帶的海路上，可以心安地走一段路，不怕弄髒鞋弄濕腳。隨意蹲下來，脫了鞋襪，微淺海水就在身邊，濕地生態豐富，俯身定睛觀察，泥坑水窪蝦蟹魚貝，自成美麗的小宇宙。

這裡的海色，從來不是浪漫的。一根根海上木樁規則排列為蚵棚蚵架，木樁在潮水長年浸蝕、水中生物寄生吸附下，坑坑巴巴，宛如一截截粗礪發黑的枯木。海上枯木群形成奇異景致，在海風吹拂，海水滌盪，日影曝曬中，總和為海的蕭索蒼茫。

枯木上，尼龍繩串接圍攏，綁附著纍纍蚵串。畫面色調黑灰，空氣裡，呼吸嗅聞之間，是微微黏稠發腥的氣味。採蚵的婦女頭戴花笠，包覆面巾，浸身在蚵棚間，一逕俐落動作著。割下蚵串的繩索，一邊拉扯整理不讓它纏繞糾結。

有鐵牛車從更遠處噗噗噗駛來，駕駛的老伯戴著宮廟進香限定的黃色信眾帽，黧黑的面龐反襯出他炯亮的眼神。我朝他點頭微笑。他擺了擺手，帶著靦腆的善意，露出不好意思的含蓄笑容。

鐵牛車愈駛愈近，揚起砂塵礫土，風塵僕僕自海上歸來。車斗中載運著一簍簍剛收成的蚵串，是像老伯這樣的蚵農，終年苦心盼望的所得。

我靜靜看著鐵牛車駛離，想起家裡也曾有一台鐵牛車。父親還在世時，多少個日子，他駕駛著鐵牛車載運剛採收的荔枝、龍眼、芭蕉、竹筍……各種依季節遞嬗的農作物，疲憊歸來。而我後來竟也全然不知道，家裡的鐵牛車，是在什麼時候，以什麼方式消失了。

父親過世後，母親罹癌，無力打理日常種作，只能任由山林荒蕪，果樹結實落果，自生自滅。家中四姊妹散居各地，母親去世後，我們所僅知，有能力管理的，就只剩下一紙權狀上陌生的地籍地號了。

聽來多悲哀，卻是現實的景況。我不禁想像著：嚴密覆著花布巾防曬，看不出表情的採蚵老婦和駕駛著鐵牛車的老伯，他們的子女養蚵採蚵嗎？他們如何看待自己老後，蚵田的將來？

他們心裡偷偷期待過客居他鄉，或者早在異地成家的子女，有朝一日能返鄉作伴嗎？當孩子有更好的職涯選擇，更多元的發展，為人父母者，縱然心中牽掛，也會隱忍不捨情緒，給予孩子尊重與祝福吧？

我揣想著父母的深情和心中肯定會有的失落，想起年少輕狂的自己，一心一意想在大城中伸展手腳，處處以追尋理想為考量，不曾認真想過如何分擔父母的憂勞，回應他們的愛與期待。

事實上，我心底也知道，無論現在或未來，我或者姊姊任一人，不可能做得到像父母那樣，不計代價，親力親為，耕耘種植。上一代的故事，終歸有一部分，不得不成為遺憾與絕響。

一遍遍走在潮間帶，總會想起前一次，乃至於更早之前，自己的狀態。最初，那個二十歲，滿懷青春愛戀夢想的少女。父親去世後，陪病母親，假日形色匆匆奔波往返的心情。後來，母親病逝，很長一段時間，不曾再到這裡來。偶然和人提起，滿心悵然。生命的流轉，無常而有情。我們探看景物，寄託情思想望，景物從此也鐫刻了日常悲喜的色澤，成為記憶的標點。

這次帶著稚子重返舊地。想帶孩子去挖沙，讓他們走在潮間帶的濕泥上，或者脫下鞋，簡單快樂地踩踩水。午後時分，日光正好，空曠幾乎毫無遮蔽的晴朗，讓眼睛有點睜不開，但海風相對暖和宜人。帶上孩子挖沙玩水的工具，抓握著三歲孿生兄弟的小手，他們也很雀躍，我們要去海邊。

假日的王功漁港嘈雜熱鬧，遊客中心周邊，鐵牛車一輛輛招客攬客，載運一波波觀光人潮。處處都是鐵牛車引擎聲噗噗疾駛來去，空氣裡洋溢著遊人的笑語聲和柴油味。

我牽著孩子的手，穿過人群，往海岸的方向走。暖日烘烤的水色，在海風吹拂下粼粼搖動，投映出金黃色的光影。海岸線遼闊廣袤，我們牽著手並肩走在婆娑光影中，像是走入電影裡的場景。

近岸大小石塊分布錯落，孩子們席地而坐，興味盎然開始挖沙。他們把沙一勺勺、一抔抔看似沒有邏輯地從地上舀起，裝入玩具卡車、小桶子裡。最初用勺子、耙子，後來索性用手掌用指爪。濕泥鬆軟綿密，任意抓握傾倒都有形態，這個新發現讓兄弟倆好樂，反覆挖土倒土，創造命名，自編自導。

我在一旁看顧著他們的家家酒遊戲，沒想到挖土玩泥巴，快樂可以這麼簡單。

到淺灘處洗手洗腳，潮水唏唏唰唰而來，又唏唏唰唰而去，冰透沁涼，搔進兩小兒的腳趾縫，惹得他們發癢吱吱笑。我多希望他們能記住這個午後的笑聲，不管將來遇到什麼憂煩，都能笑著化解。我也希望他們能記得我的陪伴，當內心感到空虛時，可以不那麼寂寞。

起風了。夕陽下，鐵牛車一輛接一輛，載著遊客從海那頭歸來。我心裡思念著昔日純樸靜謐的海路，又為更多人能親近認識它感到高興。

光陰遞嬗，潮汐推移。我想像著人潮散去，潮間帶復歸於靜。我牽著孩子的手，在夕陽隱沒之前，回頭張望。足印或沙堡，快樂或悲傷，背對著喧騰人聲，我一一向它們記憶中的模樣告別。這才明白，所謂孤獨是時過境遷。一切都不是最初的模樣了。

3 —— 靠近的練習

靠近的練習

在學生身上，我也更加確信，教學的本質、創作的初衷，是靈魂與靈魂靠近的練習。

總不免一再回想最初的心情。曾嚮往到山間海邊，到鄉下僻遠的地方教書。類近流浪，隱世孤獨的想像滲入無限擴張的少女情懷，我在心裡描摹勾勒一種恬靜無爭的美好：純樸、善美、真切。自在自然，貼近人心。不高深的平凡。那是我心中理想的姿態。

這麼多年過去，我當然明白這樣的想像過於唯美，夢幻而不食人間煙火，但它像個純真的標誌，屢屢在我回望時，提醒我曾那麼青澀稚嫩，不知冷暖疾苦的心。

常常自問文學是什麼？文意辨析、情意導引、資料講授或闡發探問……，範文與核心，廣博涉略與精熟操作，從讀到寫，從能意會到能言傳，做為一項不斷求其領受內化的基本素養，我所傳遞、口說、演示的種種，那些來自於我的解讀衍伸、思考判斷、要求規範，就是文學嗎？

在窄化的學科概念、有限的教學時數、齊一公允而單一的評測考查中，語文學習成效的優劣，就足以代表涵養深淺嗎？

一遍遍不斷自省與詰問的心念，如潮水來去，感覺內心時而被濺起的浪花拍擊淘洗，時而感到被粗礪現實沖刷的細微咬嚙。

在大環境看似不變，實則政策大改小改，改湯換藥，換湯改藥，朝暮未曾間斷的中學課室裡。在舊課綱新課綱，文言怎麼刪，白話怎麼添，到底什麼篇章無謂，什麼具有傳授價值的顛簸搖晃裡。沒有絕對的好或更好，也說不準什麼是單一的對錯，一時間的定論不見得就是真理。

身在其中，微渺如塵。晃蕩揚起、無依懸浮、四方墜跌。或輕或重地暈眩著，哪怕是逆風嘶吼或擂鼓吶喊，說來竟都像是無關緊要、無足輕重的人微言輕。魚游江湖，逆水順流都是個人業念。正面迎向或毅然背對，都在水流之中，只能承接概受，聽憑造化。盼念臨危安居，處變泰然。

手機遊戲當道、影音直播正潮。課堂上，愈來愈多心力要用在秩序管理，觀念釐清，行為管教。教學的挑戰已不單純是教學本身，那是一整個時代、社會氛圍形塑出來的漩渦。該堅持的，應調整的，沒有範本可循，隨處隨機幻化演變。是翻轉還是轉翻，自在順應而非悲觀棄守，反覆琢磨拉扯的，又豈止是過去心與現在心？

思索探問得多，心裡的空洞漸大。世界那麼遼闊，個人淺短的一生所能探尋掌握的卻如此微渺。一己之力能做的，或許就是聽憑直覺心念，感應與感受，傾心竭力，讓教與學之間的偶然與必然，盡可能沒有遺憾。

一直覺得自己是幸運的人。初出大學校門，到北投大屯山腳下復興高中教書。山城小鎮氛圍，溫泉鄉慢悠素樸的步調，那麼非典型的台北。我住在山腳邊，繁鬧的中和街上，每日和學生們朝山似地，沿著陡長的山坡上學。

山腳邊是新北投傳統早市，固定攤位外，臨街總有不少蹲踞的老者，或戴斗笠，或包覆花帽頭巾，有的爽邁熱情，有的憨實靦腆，他們賣自家種植的野菜果蔬，自己醃製曝曬的筍絲菜脯醬瓜。那老而健朗的身影，對映長坡上三五成群朝氣煥發的中學生，行步其間，特別能感受到紮根於日常，滿滿的生命氣息。

習於步行觀察的習慣，隨我回到中部家鄉。我任教的學校在台中市霧峰，一個具有歷史人文之美，風俗純樸的鄉間小鎮。我常常在課餘之暇，信步漫行，走走，停停，看看。偶爾一邊思考，常常只關注當下周遭，腦袋什麼都不想。

漫步時光，看似無關緊要，如今想來，卻是極為寶貴的精神涵養。沒有具體方向，也不必然要有目的地。不擔心迷路，不在乎耗費時光，晃走逛遊，隨時可以前行，可以歸返。岔出慣性路線，兜轉迴繞，或者不假思索，走在熟悉的風景裡。

一個人的生活，有時孤獨，有時自在。當世界喧譁，繽紛繁鬧，自己與自己身心相伴，那時更明白孤獨的深義。所謂自在，是意識到我，真真實實，獨立、存在。

這樣的情懷，源自於性格，也成為我筆下書寫的基調。

鮮活真誠的文學，來自現實人生，文字、修辭、典故、各種章法結構技巧，都是其次又其次的要求。真正的核心，是心靈的觸動感知。如何觸摸到作品的心跳，是讀者該虛心傾聽，作者該虔敬思索的課題。

不同於制式的語文教學訓練，讀寫之間，我試圖傳遞給學生我的心得領會：要記取感動，最難忘的快樂與痛苦；擁有什麼，失去什麼，嚮往的、害怕的，那些過去、現在與未來。唯有盤點思緒，拼湊愛惡悲喜，極其細碎模糊的輪廓，直視內心的天使與魔鬼，善念與惡念，說出真話，那麼即使是最樸素的故事，不假修飾，也能擁有動人的力量。

課堂上，我讓學生條列寫下自己生命中最深刻的十件事。看著台下十六歲的青春面龐，或皺眉搔首，狀似尋神苦思，或下意識以指掌把玩旋轉筆桿、在紙面上來回塗抹畫寫無意義的筆觸線條……，有人繳械投降，喃喃碎唸：這也未免太難了！有人聲援附和：想不出來！就都沒事啊！

這麼私密，需要掏解自我的時刻，確實很難在人群間進行。要靜下心來，沉澱自己，讓思緒進入當下，只有自己一個人的狀態，回溯過去，找到藏躲掩抑於內心深處，真實自我的聲音。

不要害怕面對，不要著急。我對他們說。回望過去，不可能一片空白。總有感動，總會感傷。有不被理解的時刻，感覺傷害、背叛、失落、憤怒、痛苦……，或是感到快樂幸福的永恆瞬間。

書寫的第一步，是凝視生活。面對自己，找出值得銘記的聲音與畫面。光采與灰暗，掌聲與挫敗，串起淚珠，拾起笑臉。把自己當成導演，要有自信，不要怕。

面對自我需要練習，任何形式的揭示，都比隱藏需要更多勇氣。像是邀請所有人一起玩「真心話大冒險」的遊戲，但這回不以嘻笑怒罵，掩蓋內心的軟弱與不安。

我要學生們為自己寫下生命中深刻的十件事，在其中擇定一、兩件事，上台分享。是已然準備好了，覺得可以對人說的事。即使是個祕密，有些負面、黑暗，但已經過去了，說出來也無所謂了的狀態。尤其是，事先預想聆聽者可能有不同反應，不管他人將如何評價、看待自己，也不後悔真實坦露自我的心情。

說覺得可以說的，寫覺得可以寫的。可以全盤托出，沒有包袱的事。因為有所顧忌，遮遮掩掩的人生，不會快樂；這樣的故事，不會精采。

我記得一個女孩上台說話的模樣。她自始至終低著頭，聲線壓抑，一字一句緩慢吐露的話語，飄搖顫抖。她說記得幼時某次不知做了什麼做錯事，父親盛怒之下，揪著她的頭髮，一把將她拽進家裡做生意的大冷凍櫃裡。她在裡面大哭救命救命，唇齒發顫，呼吸濁重，「我真的以為自己快死掉了。」

故事說得那麼輕，聽來卻是那麼重。說出的當下，猶如告解，又像是與昔日的困惑和解。在講述與聆聽之間，我們像是共同經歷了一段心靈的旅程。在學生身上，我也更加確信，教學的本質、創作的初衷，是靈魂與靈魂靠近的練習。

春天來的時候，領著學生走向山徑，到花樹下，郊遊似地，走讀賞櫻。感受袁宏道「以面受花，多者浮，少者歌」的浪漫情懷，席慕蓉〈一棵開花的樹〉中，那「如何讓你遇見我」的深情冀盼。讀蔣勳的〈願〉、張愛玲的〈愛〉，哼唱一、兩首五月天、蘇打綠，淡淡的抒情的歌。

關於美，關於如何真誠待人處事，學習開啟心門。我但願自己有能力，慢慢靠近年少時一心嚮往的姿態。在傳遞學科知識之餘，有更多理解、關懷和愛。不管體制與現實如何搖擺傾軋，都能記取最初心念。在一遍遍靠近的練習中，保有單純柔軟的心，並且將這份心意，好好地傳遞出去。

十六歲的愛農讀本

我一邊讀蔡珠兒《種地書》，一邊觀察眼前這班孩子。他們知道「園藝科」學什麼嗎？

父母逝世之後，我從台北返鄉，接續處理了幾筆父執輩共有產權的土地。也許冥冥中有著注定與安排。在台北公立高中教書近十年，突然之間，有了回鄉安居的念頭。我的運氣不錯，參加教育部的聯合教師甄選，順利考取老家附近小鎮上的國立高職。

從高速快轉的市區步調，轉換至舒緩悠長的鄉間日常；從以學科理論為學習主軸的普通高中，轉換至搭配科群職種，著重實習操作的職業學校。對我而言，那是一種全新的開展與體驗：不同的校園文化、迥異的科群組合、課程走向。特別是，上天彷彿回應了我對於家鄉、土地，以及如何永續父母耕作意志的思索，回鄉執教之初，學校分配我成為一群「小農夫」的班導師。

我和小農夫們的相遇，確實是個鮮美的經驗。

之於農事耕種，對我而言，那是鄉間老一輩人的勞動，而我們這一代，縱使出身農家，也因讀書就業之故，對於日常農作，幾乎沒有實質的參與。然而，我的學生們，眼前十五、六歲，生長於電腦、手機、網路世代的少男少女，他們的專業科目，竟是要種菜、種花、種果樹，學習「怎麼當農夫」？

我一邊讀蔡珠兒《種地書》，一邊觀察眼前這班孩子。他們知道「園藝科」學什麼嗎？種地這事兒，光看書就知道農事辛苦，這可不是偶像劇男女主角，種種多肉植物，偶爾澆個水，那麼愜意風雅。

我擔心他們是不是填錯了志願，擔心他們隨時就要後悔了。班上的女孩看來秀氣嬌弱，男孩或機伶或樸實，實在看不出誰是農夫的質料。在這電商時代，讀工科，「學做工」，都怕被輾壓在翻不了身的社會底層了，何況讀農科？我心裡有許多擔憂疑問，不確定他們能勝任接下來的考驗。

班級課表出爐，園藝科一年級，除了一般學科如國文、英文、數學之外，還有一大半專業課程，如蔬菜學、基礎園藝、基礎生物，以及農園場管理實習及蔬菜學實習等課程。

那是從零開始的學習。結合理論與實作，在班級教室之外，校園內還有溫室、菜園、果樹園、花圃等場地，他們必須低著頭、彎下腰，學習使用各種農具、辨識植物花葉特徵、播種、抓蟲、除草……，必須親自實踐如何種植作物、如何管理一方土地，進而學會與土地、植物友善對話的方式。

或許因為私心嚮往這樣「有機」的學習，也好奇他們練習成為小農夫時的模樣，我常在他們實習課間，跑去農場探視。

成為農夫的入門課程，先是得耐著性子，學會整地、拔草。我看見他們頭戴斗笠、手戴粗麻布手套，彎腰蹲伏，在任課老師帶領下，著手整理荒蕪了一個暑假的菜園。午後秋陽照射在他們的背脊上，汗濕的體育服黏貼出勞動的形狀，每個人的臉頰紅通通的，手上來回抓握的雜草一根一撮一綹，神情專注，動作敏捷，全然沒有怠懶不耐的嬌氣。

那樣的情境讓我有點感動，覺得若他們能耐得住熱，耐得住性子，這樣細緻而不厭煩地拔草，日後有什麼挑戰不能達成？

我在日常作息空檔，跟他們談《種地書》的篇章，譬如〈殺手舞孃〉說捉蟲，徒手肉搏不夠，且自製殺蟲劑，查書上網，想方設法；農場的蚊蟲凶狠善咬，生活週記上哀號聲不斷，他們得知蔡珠兒也深受天生惹蚊之苦，〈小咬〉讀來令人安慰；〈難以自拔〉說起徒手拔草，除惡務盡，「不拔哪行」的心境：「明知徒勞無功我還非得跟它槓上，偏執成癖，走火入魔，愈陷愈深，難以自拔。」同學們拍手叫好，直稱傳神，沒想到文學能說得那麼透澈，雜草強韌難纏，除之不盡，簡直道出他們哀怨痛惡的心聲。

就這樣，《種地書》成為我和小農夫們對話的讀本。在土地上耕種，拿著沉甸甸的鋤頭、鐵耙、鐮刀等各式農具，不論掘地、翻土、播種、除草、除蟲、收成等農務操作，每一動作都得紮紮實實用力。心要夠篤定，思想要澄明，要有態度，有想法，苦才喫得下，路才走得遠。

《種地書》好看之處，在於自苦自嘲。諸如：掘地半天，鬱鬱磊磊，慘叫連連中，還一心想整治廢地，改善土質。我跟小農夫們說，這就是愛。一如書頁上所寫：「如實翻作。如時播弄。如一朵花靜靜開落。」十六歲學習種地的孩子，在農園場中領略的風景，或許就是如實、如時的愛。

她媽媽哭吼著，說自己沒用，逮不了偷、擋不了逃，要管教女兒已經太遲，家不是家……

喊我鈺婷姊的女孩

我怯怯地左右張望。往來嘈鬧擾攘，高分貝嬉鬧談笑的異國男女，讓人無從細分國籍種族。他們熱切張揚，穿梭來去，像放飛的鳥兒，人行道間、騎樓下，這裡那裡分流結派，聚攏成群。迎面襲來的香水味兒，來自足蹬「恨天高」的熱褲捲髮菲律賓辣妹，也來自一頭糊滿髮蠟造型膠的「飄撇」泰國仔。

像踏入異國租界，我走在異色的目光裡，舉目四望，陌生而蒼茫。

想起那女孩，動心起念來到這兒。

想著說不定突然遇見她，想著不期而遇的各種可能。或許她在擁擠人群中驚喜地喊住我，或者我將在已然陌生的景象中，一眼認出嬌小的她。

當年，她和幾個女生喜歡親暱喊我：鈺婷姊。尖細輕快的三連音，像麻雀吱吱喳喳姊妹淘閒談的尋常語句。「叫老師好老，你又不老……」撒嬌的聲調，嘟噥著她們柔柔軟軟的俏皮伶俐。

每每路過辦公室，她習慣朝窗裡探一探。若恰巧與我的眼神對上了，傻笑著，憨憨搖著手，用嘴型說「嗨～」。有時嗡嗡嗡小蜜蜂似地，冷不防便湊到身旁來，猛喊肚子餓，討糖果要餅乾。

眾人之中，她話最多，最常被爆料吐嘈。她嗓門大，說起快樂的事特別容易忘我，笑聲如小雞咯咯咯咯，不時得「噓」她，公共場所呢，小聲點兒。

「噓～」她神神祕祕放低聲量，正經八百說了一句什麼渾話，逗得眾人瞬間爆笑。我常邊笑邊抹淚，揮手推趕她們：好了好了，回教室啦！吵死了！

「又還沒打鐘！」「早就放學了啊！」糖化身的女孩，總有黏乎乎的理由，非要賴個三番四次才肯離開。

「我媽不肯吃藥，該怎麼辦？」某次下課她跑來，像是刻意又似不經意地說著。

她當時的神情，話到嘴邊，欲言又止。

想豁出去似地，把長年鬱積於心，火山口似地家庭的糾葛，一股腦兒地噴湧傾洩；又似防備顧忌不合時宜，訴說難堪狼狽、一言難盡的家務事，於實質毫無助益，卻貶傷自己做為普通人，那種表面的完整。

我理解她的顧忌，感覺她正站在狂風中懸崖口，依依切切回眸凝望著我。

我想起少女時的自己，也曾牢牢攬負著一家人飄盪無解的苦厄，覺得胸口漲滿淚水。這世界，光燦膚淺，無人理解我內心，它確實籠罩著暗影和哀傷。

輕輕攏著她的肩膀，她竟一瞬間，哭了出來。

眼淚一滴一滴落下，是心痛又無奈的控訴。是渴望一個溫暖完好的家，卻發現拉扯多時，隨時會撕裂的親情，並不是憑靠單一誰的努力就可求全。

她不時歇斯底里的媽媽，鎮日終夜懷疑丈夫另有女人。哭吵打鬧，愈是激烈盤查、憤聲質問，丈夫愈是厭棄逃離，「神經病，痟查某！」

悔恨傷感自己徒勞一生。她母親心裡苦。苦苦奉獻給家，最終卻是丈夫不屑一顧的人。她母親的苦，無處能訴，天天流淚，數落丈夫，數算累月經年斑駁難計的情仇恩怨給女兒聽。

她僅能聽。幾次母親情緒激動說要跳樓，也曾衝至廚房掄起菜刀，氣虎虎渾身顫抖，那次，是她中輟蹺家的姊姊偷偷返家取物。

分崩離析的家。她媽媽哭吼著，說自己沒用，逮不了偷、擋不了逃，要管教女兒已經太遲，家不是家……。鬧罵聲驚動街坊，對門美髮店的鄰居趕來，混亂中，奪下刀。姊姊說她受夠了，斷然惡絕地走了。她母親始終在哭。

只剩我和你了。她母親說。身心科開的藥，有時混著淚光一把吞下，有時氣惱喪志，說夫離子散，吃藥有什麼效用？

那是我初次知道她的故事。初次明白，她燦爛笑容下，如何懷藏著一顆憂傷而堅強的心。

我能為她做什麼呢？又能給出什麼光亮的建議？身為她的老師，她喜愛信託的鈺婷姊，我知道自己能予的實質協助少之又少。家的命運，是考驗是修煉，是每個人終其一生的習題。糾葛愈深，情緣愈深。恨如是，愛如是。

「想說話，就來找我吧！」我知道，她不需要指導。我只要陪伴她。

像是我們的默契。她漸漸可以沒有負擔地來到我身邊，淡淡描述些家裡的事。

她爸爸在第一廣場樓上開了間小通訊行。

後來，放學時，她常搭公車去爸爸的櫃位，為了媽媽。她是母親的一枚棋子，假借幫手之名，她要她去，管控一個經常藉故醺醉不歸的男人。

我聊起少女時期第一廣場的輝煌市況，她描述著平日入夜後陰森空蕩，令人悚然的氣息。她說知道自己在做些什麼，為了她的家，她可以忍受那些遊魂者浪蕩掃視的目光，怪裡怪氣、神出鬼沒、狩獵似的各色人等。「我媽哭著求我。我去，打烊後，爸爸會載我回家，我沒去，他就整晚不回家了。」

我要她小心，萬般提防，遇到形色詭異之人，切記機靈閃避，要逃要喊。記得她說，總不敢喝水，常憋尿。荒廢失租的空間，早早打烊的陰暗櫃位，不知是為了節約，或日光燈經常故障的通道森冷懼怖，她怕極了，不敢去上廁所。

想到她時，便想到第一廣場。有時會想，這些年不見，她過得怎樣？

我記得那天陽光很好。中午剛下課的走廊上，高一學生嬉鬧談笑。她無預警出現，笑嘻嘻問我，今年新生好不好帶？

大學都開學了。她說自己最終報考了獨招的夜間進修部，白天在量販店當倉儲人員。她給我看工作帶來的手腳瘀傷，說要搬貨補貨呢，瞧，紮紮實實，手臂都練出肌肉了。

後來便失去她的訊息了。

走進人海漫流的陌生地，循著已不運轉的手扶梯逐階向上。寫著東南亞美食廣場的大看板張燈結彩。我走入遠遠近近混雜著聽來像泰語或印語的卡啦OK樂聲裡，感受四面八方，無處不在的異國香料、異域情調。想著就愛喚我「鈺婷姊」那女孩，她父親的小通訊行不知道在哪裡。

賭徒的孩子

坦然訴說自己不堪聞問的身世處境，並非尋求同情憐憫，他僅是讓我安心，不隱瞞自己。

他說，這一生最痛恨的就是賭。國中畢業，考上一所私立高中，「那爛學校，小混混一堆，剛入學就有一票人窩在教室後面聚賭……。」他看不慣，覺得繼續讀下去也不會有出息，而學費是跟銀行借的助學貸款，服裝簿本雜費細項還跟學校申請分期付款。

讀了一個月，他決定休學。學校退回一些學雜費，母親拿去繳清房租。他去果菜市場打零工，扛魚搬貨，那是汗騷味混著魚肉腥臭的日子。勞苦中挨了快一年，他再度參加大考，錄取了公立高中，成為我的學生。

相對於應屆畢業的新生，他的來歷曲折複雜，他帶著故事來到我面前，淡淡說著自己的過往。我訝異於一個十幾歲的孩子，何以能平靜說著這些發生在他身上的事，無一絲激昂憤慨，亦不苦情乞憫，彷彿站得老遠，以第三人稱不涉悲喜地概述自我。

漸漸我才知道，他有一個因躲債而失蹤的賭徒阿爸。要不是賭，他或許也能和別人一樣有一個完好的家。他說，從小就很羨慕有正常爸爸的人。像是被鬼矇了眼迷了心竅，因為賭，爸爸喜怒無常、脾氣火爆，贏錢時，想一贏再贏；輸錢時，老想著再賭一把，運就來了。

誰不知道久賭必輸呢，但賭局中人自有一套堅信的邏輯。父親嗜賭如命，日夜顛倒，抽大菸喝悶酒，有時沉默得可怕，盯覷著人時雙眼滿布血絲，像隨時都在謀劃大計，卻時運不濟，只能徒呼負負的樣子。

他曾跟我說過一段長長的故事。他說，那時自己只有五、六歲吧。那是個寒冷的冬夜，媽媽牽著他的手，不知要走向哪裡。他們走了很長的一段路。太冷了。冷得他心臟緊縮，牙齒喀吋喀吋顫抖著。終於到了一家鐵皮屋小鋼珠店的後巷，媽媽鬆開他的手，叮嚀他聽話不要亂跑，站在原地等待。他怔怔地點頭。媽媽推門而入，一陣嘩啦啦閃爍嘈鬧的機械聲光自門縫竄出。

巷底風呼呼颼颼颳痛他的臉，他癡望著媽媽隱沒的那扇門，卻遲遲不見母親身影。他等得腳痠，又睏極累極了，蹲坐在地上，頻頻打盹。

等了很久，那門偶爾被推開，他甚至有一股起身往那門內衝入，去找媽媽的衝動。怕媽媽消失，怕媽媽是拋下他、不要他了，他終究按捺不住慌亂的心緒，放聲大哭起來。

好心人安撫他別哭，一邊哄他一邊拉著他的手，要帶他去門內找媽媽。他僵直身體、腳步拗著，以示不聽從、不願意。他記得媽媽的話。只能等，不能亂跑。

終於，媽媽出現了。他又驚又喜，奔迎上去，一把抱住母親的腿。卻見她腳步踉蹌，重心不穩險些跌倒，她的臉上有沒抹乾的淚痕，看來憔悴疲憊。媽媽牽住他，怔忡失神，遲遲不語。即使媽媽不說，他也知道。她一定苦勸爸爸該停手回家了。但父親終究選擇把回家的暗夜長路，留給心寒無奈的母子倆面對。

做為賭徒的孩子，他說，賭害之深，那是不由得自己選擇，如影隨形的切身傷害。父母無休止的爭吵，媽媽永遠都在掉淚偷哭，爸爸找媽媽要錢討錢，暴躁惱怒的凶惡模樣，或者媽媽神色慌張、鬼祟藏錢，就怕不小心被搜刮殆盡。無尊嚴、人格可言的家，爸爸的誠信早已破產，各方親戚債主，不來往已是最大的善意。

但他父親欠的債，不知凡幾，他自己都不清楚。

電話催逼，急急如律令，再是找上門，追討威嚇理論。多數的時候，父親都不在。媽媽接了電話、媽媽應了門，後來他們只好把電話線拔掉，電鈴拆掉，任由外頭砰砰砰轟然擊打門板的嘈鬧聲響大作，母子倆躲在屋裡，畏縮不敢出聲。

任誰聽了都要感到驚駭心疼的境況，不在電視劇的情節裡，卻鮮活地發生在眼前，這個看來平常的學生身上。他懂事細心，跟老師說了這麼多，態度始終不卑不亢。他讓我感覺坦然大方訴說自己不堪聞問的身世處境，並非尋求同情憐憫、溫暖慰藉，他僅是讓我安心，不隱瞞自己。

我問他，老師中午的便當可以給你吃，第四節下課，來辦公室拿。他連忙說不用，太麻煩老師了。我想幫他申請慈善助學金，他怯怯地說，其他人可能更需要吧！他假日到喜宴會場打雜端盤上菜，當計時工讀，平日晚間，人手不足時也支援。他說，雖然累，但應該還可以，老師您不用為我擔心。

高二上學期某一天，輔導室突然通知我，那男孩的妹妹被通報到社會局，社會局將派遣社工來校，和學生進行訪談。

我急著找他來，想問清怎麼了，發生什麼事？資料上，他填寫有一名年幼的妹妹，但從沒聽他提起妹妹的事。

他尚不覺得事態嚴重，說大概是被人檢舉了。媽媽找了豆漿店的幫廚工作，每天一大清早四、五點得出門，妹妹才五歲，托兒所費用高，只能把她留在家裡。他說妹妹也很可憐，媽媽怕她一個人在家出事，用一條被單把她固定在桌邊，形成一個安全範圍。他說完，又急著解釋，老師不要誤會，我媽絕對沒有虐待我妹，她中午十一點下班，就立刻趕回家照顧她了。

他說，慶幸自己已經十幾歲，夠大了，有行為能力自己出門上學、打工賺錢，自立更生，不成為媽媽的負擔。妹妹年紀太小，媽媽必須去工作，這也是無奈的現況。

他問我，社工會把妹妹帶走嗎？又說，他可以再找一份工讀，讓妹妹去念托兒所。

後來，他妹妹去念托兒所了。

他說看得出來母親很累，他要認真讀書，考上國立大學，成為家的支柱。家裡當然沒有多餘的錢供他補習，高三時，為了多些時間複習功課，他晚上已不再打工，每日放學後，固定留校夜讀。

印象很深的是，有次閒聊時聽他說起，學校旁邊沒有自助餐店，附近的小吃店價錢又貴。他和某同學的省錢妙方，是去學校對面的黃昏市場麵包攤，買一個三十元的麵包。

「麵包滿大一個，半個臉大，吃麵包，喝點水，也就飽了。」

「這麼認真讀書，太感人了」，我的語氣輕快俏皮，「需不需要老師贊助晚餐？」和先前一樣，他說，「不不不，這是我們的省錢兼健身計劃。」他指著肚腩說，「太胖，上大學也不好看！」

他順利錄取一所國立大學。暑假，八月中旬燠熱的輔導課空檔，他出現在我的辦公室裡。我嚇了一跳，他的臉頰四肢曬得又紅又黑，看來壯了些，也瘦了些，讓我一時間認不出了。他說，六月畢業後到建築工地當粗工，一天可以領一千元，打算存自己去南部讀書的生活費，大學開學前，應該可以存好幾萬塊吧！

女孩的阿嬤流著眼淚說她傻，將來拖著一個嬰兒，書還能讀嗎？「囡仔生囡仔，敢有才調顧？」

十七歲小媽咪

「出事了……」某老師壓低聲量，話音窸窸窣窣，「男生那班在傳呢！」「怎麼了？什麼事？」緊接著要上課的人離開了，剛回辦公室的人湊了過去，大家憂心忡忡，這消息也太突然，是新聞裡的劇情了。

鄰座同事偷偷問我，「你不是有教女生那個班？沒異狀嗎？」

「他們班？女主角？誰？」

我在腦海裡尋思搜索可能的跡象，每週四堂課，加上課餘時間收繳作業、追蹤訂正補考的相處時間，我竟沒有發覺課堂上有個女學生已身懷六甲，腹中胎兒甚至

「八個多月」了？

思來想去，難以置信。十幾歲的學生們一貫愛打鬧嘻笑，衝撞蹦跳，想及課堂上有個女孩隱忍著腹中祕密及孕期不適，如常上課、考試、活動，行事低調隱密，竟無人察覺她隆起的肚腹？

想來不合常理，所以分外震撼存疑。

下午到那個班級上課，課堂氛圍如常，並沒有人顯露出鬼祟神祕，知悉什麼藏不住的內幕模樣。有名學生缺課，據說是老師找去辦公室談話，會請公假。

「那女孩？」我心裡暗自思忖。課堂上，她乖巧拘謹；應對時，小心翼翼客客氣氣。抽點她回答問題，她的聲音細微膽怯，總由鄰座幫她複誦擴音。她蓄著長髮，披散覆蓋眉宇雙頰，習慣微低著頭，屢屢遮住眼神表情，感覺性情溫馴，缺乏自信，膽小而畏縮。她不像世俗印象中，未成年懷孕的叛逆外放少女，想到她即將面臨的處境壓力，口舌目光，不免憂心同情。

隔日，導師送來女孩的假單。導師看來疲憊而無奈，除了例行班務、自己的課務外，連日處理女孩的事情，和女孩、男孩、對方班級導師、雙方家長、學校相關處室，來來回回前前後後溝通傳遞訊息，聲音都沙啞了。

小情侶有著革命情誼似的患難真情，他們在事件曝光前，便盟誓著要將胎兒生下。男孩護衛著女孩，有著天塌下來，他也會奮力頂住的義氣。女孩也傻，苦命鴛鴦瞞著雙方家人，胎兒都八個多月了，也不曾產檢。他們把事情想得太簡化，認為自己可以處理，不會設想雙方狀況、親人反應和可能後果。

女孩是隔代教養的孩子。當年母親未婚懷孕生下她，將她交給住在鄉下的外婆照顧。她從小也沒有祖母、外婆的稱謂觀念，和她最親的人，就是阿嬤一個。母親在外地結了婚，生了孩子，有了新的家庭，又離婚了。那是她不能理解，也不願碰觸的心結。她和阿嬤相依為命，直到考上公立學校，在交通時間、路程距離的考量下，只能獨自離家外宿。

內向而早熟的性格，帶著孤獨的身世。她申請了學校工讀，希望能補貼日常花費。男學生和她同一個工讀單位，彼此都是有故事的人，來自不完好的家庭，有著被迫早熟的童年。

他們都習慣在人群中隱藏自己的不幸，女孩低調內向，男孩活潑愛講笑話，她不經意談起家和身世，而他包容理解一向自卑黯淡的她，浮木也似地，成為她飄搖心靈的依託。

對方導師跟男孩父親聯絡，他父親惱怒地掛了電話。

「學校是怎麼教的！小孩搞成這樣，要人擦屁股！」男孩不完好的家，爸爸工作不穩定，早先是大卡車司機，現在有一搭沒一搭地打零工。男孩有個就讀國中的弟弟，弟弟叛逆貪玩，是學校的頭疼人物。相較起來，他鮮少給父親添麻煩，考上公立高中，平日課餘工讀，寒暑假在手搖飲料店打工，這個自顧自的家裡，他是最正常的成員了。

有一名失意的父親、浪蕩的弟弟，同住一屋簷下而鮮少彼此關心。他不曾跟同學提家人，在他心裡，父親是個矛盾的存在，名義上的。他從不覺得自己需要倚靠他，直到這件事出現了，所謂「依法」必須通知家長。

女孩的導師開車帶她去醫院產檢，男孩也請假陪著。醫生說，女孩太瘦，營養不良，寶寶體重過輕，叮囑要多補充高蛋白的營養。導師說看男孩亦步亦趨攙扶女孩的舉動，相信他或許不會辜負她和不久將降生的寶寶，但兩個高二學生，又該如何撫育這個新生命？

學校協調，聯絡雙方家長溝通見面。女孩的阿嬤從鄉下坐車來，男孩的父親先是說沒空，最後也到場了。場面先是尷尬，再則演變為怨怪火爆，誰該負責，誰吃了虧，誰虧欠，誰拖累，誰補償……，彷彿一場氣勢不能輸、面子輸不得的戰爭，認輸就得割地賠款。合理或不合理的懷疑，真在氣頭上或一時情急激動，口不擇言，話語如利刃攻防凶猛，刀光血影意氣激昂，已然不顧餘地和情面。

女孩的阿嬤氣虎虎，直批對方惡質，這輩子沒這麼被糟蹋過；男孩的父親也不甘示弱，直說要錢的話，一毛都沒有。

協商破局，兩敗俱傷。

女孩說男孩也很無奈，很氣他爸不知道在想什麼，不管他爸說什麼，他一定會盡全力照顧女孩。女孩的阿嬤流著眼淚說她傻，將來拖著一個嬰兒，書還能讀嗎？「囡仔生囡仔，敢有才調顧？」

消息在學生間傳開了，同班同學對她尚有溫情的鼓舞和包容。導師在早自習時跟全班說明，希望女孩在校時不論上下課，同學們盡量小心避免推擠打鬧。

某天女孩來辦公室補交作業，我一時情不自禁，問她，「最近還好嗎？需要幫忙時，要說唷！」不知道為什麼，她的眼淚突然掉了下來，我連忙安撫她，勸她別給自己太大壓力。

女孩請了產假回鄉下待產，男孩休學了，據說在市區謀得一份工作。

小嬰兒出生後，我和女孩的導師前去探望。阿嬤說，女孩產假後就會回學校繼續完成高中學業，曾孫留在鄉下，由她照顧。在阿嬤的照顧下，女孩恢復得不錯。男孩假日來看她和寶寶，之後她回學校上課，他工作，暫且這樣安排。

男孩和父親鬧翻，自行在外租屋。未成年結婚需法定代理人同意，雙方家長沒有共識前，兩人僅能走一步算一步。

小媽咪的愛情裡，除了男孩，所幸還有疼愛她的阿嬤。阿嬤說，好不容易拉拔孫女長大，一切都是命。為了孫女、曾孫，她甘願拖、甘願磨。

茫茫未來，尚不可知。幸福有多遠，將有多少風險，沒有人能預料。然而一個小生命確實在這樣重重無奈的情境中誕生了。有時我會不經意想起，那天午後，一面之緣的那名「紅嬰仔」，他小小的身影，女孩和男孩勇敢而任性的愛情。

女孩的手作愛情

晨光淡淺，映照著她淚濕糾結的髮。
控制不住眼淚了，只能從教室逃出來。

她突然出現在辦公室。低著頭，長髮披散蓋住大半臉龐，聲音細微膽怯，問我，可不可以允許她這一節不上課？

問句模糊飄忽，沒頭沒腦。我驚詫地想看清她幾乎被長髮覆掩的表情，問她，發生什麼事了？然而她的頭低得更低，有些凌亂髮絲黏附著臉，隱微之間，我看見她藏在亂髮內的雙眼，默默流著淚。

攏著她的肩，走出辦公室。一早下了茫茫薄雨的天候，空氣嗅聞起來，有一種濕潤的清新。她靠伏著走廊欄杆，圈起雙臂，將臉深埋在自己的情緒裡。

輕輕拍著她的臂膀，試著傳達一種不打擾的陪伴。不急著追問，不要逼她面對。我想她一定承受了什麼，但已然承受不住了，才會貿然跑來，提出要求。

我的腦海裡不斷閃現各種可能情境，回想平日屬於她的背景畫面，難以確定此刻她的眼淚，究竟是為了親情、友情、愛情、疾病，或者課業而流。

她一向敏感多慮，在乎他人看法，容易自憐自傷。而今她向我請求一節課的空白，不忌諱揭示痛苦和軟弱。

她趴伏在欄杆上，嚶嚶啜泣。任誰聽了都會心疼的少女哭聲，一聲聲擊打著心坎。我將一疊面紙遞入她手心，她終於抬起臉來拭淚。晨光淡淺，映照著她淚濕糾結的髮。她說心裡很難過、很難過。控制不住眼淚了，只能從教室逃出來。

「他說要分手……」她的話音淒楚含糊，大意卻已揭示清楚。傻女孩哭得如許狼狽，原來是為情所苦。懸著一顆心，我胡亂猜測的拼湊想像，終於有了具體線索。但又覺得驚訝，難以置信。這時代，這年紀，這份情究竟多深，竟讓她如此痛苦？

作息亂了步調，日子無以為繼。大量的淚水抑制不住，奪眶而出，她說心慌得不知道該怎麼辦。

該怎麼辦？誰能給答案？

當局者迷。迷惑、迷惘、迷昧，當下神迷目眩，揪心裂肺，都是真的。除了聆聽，除了同情理解，給予支持，在情愛的困局中，身為旁觀者，又能給予什麼超然清明的高見？

我想告訴她，別想太多，有一天你會明白，此刻巨大的痛苦，根本沒那麼嚴重；但又想著，唯心純真的情意，如此少女，有朝一日，終會懷念這麼哭過的自己吧！

我去上課，讓她在辦公室裡沉澱心緒。她哭得很累，趴著睡著了。

哭一場，心緒稍稍平復，可是情還在，痛還在。那宣洩也似地噴發過後，女孩一日日憔悴失神，她說，還是喜歡他。總想著說不定能挽回。

她精心設想著，把兩人的合照沖洗出來，讓一幕幕美好瞬間的幸福，做為彼此的見證。她認真挑選每一頁斑斕彩紙，一張張裁剪、縫製成冊；著意編排、圖畫彩繪、每張照片搭配心情文字，那是她一筆一劃自剖心跡的戀人絮語。她說，想為他手作一冊書，和他相關的點點滴滴，她都記得真切。理想、憧憬般，專屬於他們之間，只有她才能給予的禮物。

女孩傻傻問我，老師，你覺得他會感動嗎？

心疼她投入時間精力。聽她說起和男孩先前的互動，或許是我私心偏袒吧，總覺得這男孩對她不是很有心，那又何必呢？既然他都開口了，又何需耗時費力、討好勉強？怕她受到更多傷害，旁敲側擊想著勸她，別過度付出，別懷抱太多期待。但她想不透，看不穿，仍全心全意護衛著他，為他辯白。

她烘焙了手工餅乾，約他在補習班門口見面，要親手交給他。他回訊，答應了。她雀躍地說，她感覺他心裡還是在乎她的。

男孩收下餅乾，態度卻有點漠然。她是高興的，卻又有點失落。

她傳了照片給我。預計做為男孩生日禮物的手作書完成了。鮮豔厚實的書頁，以粗針穿洞、棉繩縫合，近似古籍線裝書的裝訂法，引線穿針細密縫製，處處都是巧思創意。讚嘆她慧心巧手，圖文滿目，為愛手作的心意，洋溢在紙面上。

「這麼美，捨得送嗎？」她說，當然。希望他會感動。

男孩收下禮物書。他停頓了一下，說了謝謝。那短暫的瞬間，女孩以為他已然懷想起昔日種種，她祝他生日快樂，偷偷觀察他的眼神表情。

她想，他應該能明白她的心意。這不光是一本愛的回憶錄，她特意留下空白頁面，是他們未完待續的情緣。

臨別前，她要求照張相吧。她拿出手機拍照，說再傳訊給他。和他，於是又有了「還是朋友」的連結。

寒流來襲前，女孩巧手編織了一條淡藍色的圍巾。她精挑細選不扎皮膚，不會導致過敏刺癢的棉柔線團，搭配粗細鬆緊錯落的針法，她說，也曾鉤錯好幾次，一大截拆掉重來。洩氣時，想著若不堅持完成，所有的心血都白費了。

他收下她愛的圍巾。如同先前收下的餅乾和禮物書。女孩說，他能收下，就好了。其他的事，不願多想。如同連續劇裡不敢貪求回報的情操，但她內心其實不曾停止期待過愛的迴響。

他不拒絕她，像是一種恩惠。但恩惠，不能稱之為愛。

戲裡賺人熱淚的愛情，都是虐心的。後來輾轉聽說，男孩把她的戀慕當作虛榮，她送給他的禮物書，在男孩間傳閱，成為那人魅力的證明。

她不敢相信傳言是真的。急著約男孩見面，想弄清楚。但那人閃躲著，避不見面。她在訊息上問他，也得不到半分回應。

她氣急敗壞，說要把禮物書討回來。覺得尊嚴受損，他們之間曾有的回憶，卻成為他炫耀自誇，而她卑微貼附的笑話。

回想起最初，她來辦公室找我，哭著說「心好慌」的那個早晨。在此之前，我從不曾料想過，高中女生的愛情，會有這麼揪心的痛。做為她的師長，一個陪伴與聆聽的旁觀者，縱然在她需要時，能試著解讀分析那人與她所謂的愛啊，然而再怎麼睿智的建言，都不敵哪怕遍體鱗傷地勇於去愛。

她說，那時我曾對她說過的話，如今她知道了，覺得有點懂了。

愛無法左右，不可強求，不是很努力就能有心想事成的結果。不見得會遇見對等的人，那人也不見得能承擔這份愛。可是有些道理，時候未到，不會明白。

女孩的手作愛情，少女的浪漫。我想起曾開玩笑對她說，太閒喔，吃飽沒事，花時間弄這些。這麼一想，也才意識到，我已經過了會為任何人，掏心做這些看似無謂之事的年紀了。

我闖入了她悲劇的情節裡，得知了陷溺的祕密。我該問她什麼？或者什麼都別問？

紙條的祕密

刀刃輕輕劃過皮膚，痛的時候，才有真實感……

學期末，整理櫃子，不經意翻看到這張紙條。

我像跌入時空的漩渦裡，一瞬間置身於無以名狀、灼熱滾燙的昔日現場。

她用紅筆在手背畫線，血痕深深淺淺，密密麻麻。

先是刻意在我眼前晃了晃，要看我反應，隨即狡黠笑著，說，「這畫的啦！」

「開個玩笑不行嗎？」

我板著臉，正眼不瞧，賭氣問她，「好笑嗎？」

片段閃滅而過，說不清的惆悵，縈繞在腦海裡。

我想起曾在網路上間接瞥見她的動態。照片中的她，搽著韓劇裡正流行的豔紅唇彩，捲成大波浪的長髮，鬆鬆地攏著臉頰，黑濃大眼，睫毛彎彎，神色很是嬌媚。

她高中畢業後的際遇轉折，我全然不知。卻在莫名翻到一張紙條的情境裡，想起她小女人模樣的近照。

遇見她時，我剛從大學畢業不久。初出茅廬，滿懷熱情，腦中盡是對於語文教育和班級經營的期待和想像。我還記得那種因為缺少經驗，戒慎忐忑、時時懸著心，日夜牽掛惦記的感覺。

她像顆震撼彈，炸開我涉世未深的眼界，燻炸出我的眼淚。我莫名涉入了她的故事，意識到自己的無能與脆弱。

我發現籠罩著她的黑暗，也籠罩著我了。無法忽視她陷在泥淖裡，心緒繞著她轉，一心設想該如何撥去迷霧，化解她行走在針尖上，膽顫危墜的痛楚。

資深同事暗示我，有些事還是別知道得太清楚，留點空間，保持一點距離。涉入太深，不免心亂慌急，頭重腳輕，怕是會重心失穩，受挫負傷。記得他說，「你太年輕了。」

有時我不免想，如果是今時今日才遇見她，已經不很年輕的我，是否會和那時一樣？我的心，是否仍柔軟得承受不住她的處境；她對著我哭泣時，我是否已經擁有足夠堅強的意志，不掉下一滴眼淚？

最初的情境相當突兀。悶熱無風的自習課，教室天花板的老電扇，烘烘迴旋攪動蒸鬱氣息。長日漫漫。窗外明燦的日光，映顯出室內燈光的暗影。

我在講台前游目四顧，突然和她四目相接。她下意識心虛閃躲，我跟隨她的視線低下頭，看見掩映在抽屜前，她握在手裡的刀片。

那僅是一閃神，零點幾秒的瞬間，時光在我的驚詫猶疑裡凝結。

走到她身邊，示意她到教室外。我問她：「你還好吧？」她把頭壓得很低很低，臉頰表情全被披散的長髮掩蓋。

「怎麼了呢？」我輕輕收攏她肩上的髮。她沉默著，身體僵立，突然哭了。散覆的髮絲貼黏在淚濕的臉上，急促的呼吸啜泣聲，像是刻意壓抑，又抑止不住。

我拉起她的手。拇指下手腕邊，有一道表淺的傷痕正微微滲血。那一刻，我才明白自己目擊了什麼。卻又不敢想像，它就這麼發生在我眼前。我闖入了她悲劇的情節裡，得知了她一直以來自我陷溺的祕密。我該問她什麼？或者什麼都別問？思緒混亂，夾雜著不可否認的驚恐。

我不是沒聽聞過，自我傷害對心思細膩者的吸引力。大學時，收到高中好友情傷寫來的信，露骨而細微地寫道，她每每走進書店文具部，第一個直覺反應便是直奔刀片區。隨身背包裡沒有美工刀，就想著立即買一把。沉浸在自我傷害的罪惡感中，不可理喻地著了魔、上了癮。她說一度以為自己已經停下欲念，終於戒除這個壞毛病，可是之後又一遍一遍，陷入停不下來的迴圈裡。

高中好友將心事投遞給我，我什麼都不能為她做，僅是好好接住她自天涯彼端傳來的訊息，再將自己曖昧難明的少女哀愁回傳給她。那時我以為，在生命往往荒謬的問句裡，最好的解答是相濡以沫。

但這時，傷痕在我眼前，緩緩滲出血珠。

我目擊一切發生。事實給我的震撼，遠遠超過好友信中的描述。

她是我的學生。我想獲得她的信任，希望和她保有繼續對話的基礎；卻也覺察到身為一名師者，無法純粹當她投遞的出口。她成為我心上的責任，時刻分秒，我將承載著她的傷口，心驚膽跳過活。

我要帶她去保健室擦藥。她不肯，僵著，說不用。

下課了。我掩護她躲開眾人的目光。她說，我聽。她掉淚，我的淚也落了下來。

縱然知道，她或許擴大想像了自己不堪的處境，但她內心對痛楚的刻畫、反覆浸染、描摹，直白具體，令人不忍聽聞。

她說自國中二年級開始，偷偷進行此事，其實根本不敢劃太深，但一而再，再而三嘗試鋌而走險的感覺，成了慣性抒壓的方式。

她說看不慣祖母強勢的樣子，母親很可憐，被欺負得很慘，委曲求全，毫無尊嚴。她央求我，為她保密。若是家裡知道了這事，怕要崩裂得更厲害，在祖母的奚落下，母親將更體無完膚了。

那當下，我竟默然同意了她的請求。但保密，能解決任何事情嗎？

她依然不時身陷自我傷害的誘惑裡，她會告訴我腦海心裡隱約浮現的惡魔。對自己下手，欠缺的不是理由。發洩、轉移、提振、吸引、操弄、掌控、空虛……，種種因素，此消彼長。

她說得愈多，我心裡愈害怕。明白光是傾聽與支持幫助不了她。在她自我投射的情節裡，不知不覺增加了我的角色。她說，我聽。我的傾聽與理解，讓她誤認了自傷帶來的一部分好處。當我警覺時，已置身其中，成為她吸引關注的對象。

成為他人的浮木，做為一名堅強、可信賴的陪伴者，不身在其中，親自遭逢，不能明白其中情理周全的艱難。記得我告訴她，我是你的朋友，也是你的老師，我想幫你，但已經超出我的能力範圍了。我必須把你的情況轉介給輔導老師，請他協助你。

我想獲得她的理解，徵求她的同意。然而她不高興，甩動長髮轉身就走。

我聽從資深老師的建議，將她的狀況通報給輔導室。她進入高風險高關懷學生的輔導機制裡。她不再來告訴我那些真實而黑暗的念想，我桌上偶爾出現摺起來的未具名紙條。輔導老師要我不動聲色，悄悄收起，就當沒注意到。他說，這是情感勒索的一環，你不能心軟。

不能心軟。收起紙條，紋風不動，過日子。

紙條出土的午後，我跌入往事的漩渦裡。在深藏而遺忘了的角落，記起她帶來的傷，有一部分，是心中永遠不會痊癒的遺憾。

優秀的暗影

在完美家人的期望值裡，前進的幅度
永遠趕不上持續落後的進度……

「我知道他恨我。我不如他的意，丟光他的臉……」難以忘懷當時情境，他憂鬱的臉，淡漠冷酷，訴說的神情。話語從他的口中吐出，帶著超乎常齡的覺察與清醒。我竟隱隱感到害怕，悚然心驚肉跳中悲憫同情。想像他所承受的種種，那以愛之名，不斷加壓、擴張、扭曲，最終質變為恨與傷害的故事。

印象中，他健談而陽光，喜歡打球，喜愛閱讀。他有極佳的語文能力，數理不好，熱中探究歷史之謎，卻選讀第三類組。

早先問他，「為什麼？」他只微微一笑。「假自然組」的現象不足為奇，要在升學體制中安身立命，家長和學生自有他們的盤算考量。

每當我拋出問題，他常最先搶答，不假思索、自信滿滿。大男孩們起鬨，給他個封號，稱他是我的愛徒。有時，全班甚至不作答，齊聲直喊「愛徒！愛徒！」他也爭氣，答得又快又好，贏得滿堂喝采。我喜歡他們課堂的歡樂氣氛，師生互動自然而親近。

或許因為他那開心果的形象深植我心，以至於我始終忘不了，日後他說著自己故事時的嚴肅表情。

他說，自己有個厲害的哥哥，是資優生、模範生，獲得各種冠冕榮耀。他除了國文表現不錯，其他科目都混得很辛苦。一週補習好幾天呢。

彷彿是個漩渦似的痛苦循環。自從小時候不可考的某一刻，他意識到父母先是期待，轉而失望的眼神。

他當醫師的父親，音樂系出身的母親，不能理解他為何跟不上哥哥的腳步。栽培孩子成材，使其卓越優秀，是父母責無旁貸的使命，他們不可能任由他平庸。

升高中，他不像哥哥考取第一志願。縱然是個公立高中，卻是讓父母失望的結果。

「不成樣、不像話……」爸爸對他的深切期待，漸漸轉為激進、不滿的尖銳訓詞，他也才知道在父母兄長的優越裡，自慚形穢的心情。

「別怪你爸，他是恨鐵不成鋼。」他撇過頭去，倔強著不發一語。那是某次成績單發放後的家庭慘劇。媽媽說，「你哥從小都沒讓我們操心過。」

無可避免的比較，有意無意的刺傷。哥哥是他的標竿與模範，卻也是他亟欲掙脫擺落的緊箍咒。他也曾是天真單純以哥哥為榮的男孩，但多數的時候，潛意識裡，他多希望哥哥走路跌倒、表現失常、惹麻煩、出差錯。

他不知道怎麼詮釋這種手足間微妙而矛盾的競爭心態。他混雜著崇拜、羨慕、嫉妒的情愫，他能感覺哥哥對他的表現頻頻搖頭、不耐煩，看著他時，帶著一絲鄙棄、一貫輕視的那種尊榮感。

「我恨自己，恨他們老說『為我好』而苦苦相逼。」他說，武裝防備的生活好疲憊。猶如奮力撐持身體，手腳並用爬杆向上，每當顫抖的手腳終於有效挪移攀高之際，隨之而來的是瞬間失重滑移下墜，徒勞無功的挫敗。在完美家人的期望值裡，前進的幅度永遠趕不上持續落後的進度……。

揭開內在暗灰慘鬱的思緒，不快樂、不光明、不良善的真實意念。我記得這是他某次作文，赤裸裸表白，自剖心跡的譬喻大意。

發回作文時，我問他，需要談談嗎？

他搖頭。神情有點尷尬，嘴角微微抽動，像個羞赧、不知該如何應對的苦笑。

在那沉默靜置的時光裡，他沒說話，我不追問。

有些時候，故事的線頭也不知道在哪裡。日積月累，情感的愛恨悲喜夾纏不清，特別是最在乎、親近的家人。生活的鏡象粗糙磨損、百孔千瘡，堆積在情緒底層，一幕幕糾結拉扯的暗影，又如何能以三兩言語說盡？

至今，我也尚不知該如何述說我的家。能說什麼？該說什麼？日子裡，瑣碎家常的小事微不足道，彷彿閉起眼睛，隨意就能忽略了；卻如細小沙礫積澱、刮礪、摩擦出心坎裡緩緩滲血的傷痕。在各種情感層次中，說不清愛與債、包容與清償的來龍去脈。

他問：「寫這樣，會怎麼樣嗎？」

「會怎麼樣？你覺得呢？」我反問他。

我知道他擔心什麼。誰都會不安，說出真話之後，要面對隨之而來的目光與評價。

我也的確猶豫，是否該拿著這篇作文通報他的導師、輔導老師？該將作文視為創作，尊重筆下自由寬廣的各種可能？或者需提防警覺，做為心靈思想的訊息投映，積極輔導處理？

那當下，我選擇先當一名國文老師，針對他的創作告訴他：「色彩太沉重灰暗，考試作文很不討喜。」但真誠書寫自己的處境，是好作品的第一步。繼續嘗試挖掘、書寫，「你寫得不錯，你很適合。」

或許是受到鼓舞與激勵，他離開辦公室時，心情很好。以文論文，我給了他很高的分數。我見他開心地和同學打鬧談笑，好幾個人爭搶著看他的高分作文。

他始終是眾人的開心果，全班公認國文老師的愛徒。

看著他們畢業。到考場陪考。開學後，追蹤關心著他們分發錄取的狀況。他錄取一所傳統私校，是口碑與前景都不錯的科系。

那個冬天，學期將結束前，他回到學校，說要申請一些文件，順道來找我。

他說，半年來都在準備重考。住在重考班宿舍裡，從早上醒來到睡前，無時不刻與書本、考題為伍。那真是動心忍性的最高境界啊。

我聽他侃侃而談，所謂少子化之下保證班的規矩模式，嚴刑峻法，奇招怪現狀。非常科學但不人性的管理。

說著說著，他像是記起昔日那篇作文似地，說起大考後，分數不如預期而引發的家庭紛擾。冷戰中，他倔強地填了志願，也曾打算就此離家，靠一己之力，貸款、打工，去分發錄取的校系就讀。

和家人為敵，和全世界為敵。父親視他為家族之恥，說他的朋友圈裡誰誰誰的子女，不都是高中第一志願。一步錯，步步錯。錯就錯在當年顧及顏面，沒有堅持讓他重考高中……。

他在母親的折衝勸說下，示弱妥協，成為重考班裡終日苦讀的一員。但惡化到極點的父子關係，傷他太深。冷冷說著怨懟仇恨的心，必然背負著掙扎與痛苦。

送他離開校門。我說，等你出關，考完試，再好好聚一聚吧！

拍拍他的肩膀，回想他在校時被封為我的愛徒，眾人開心果的時光；想著他完美優越的家人，如何能理解望子成龍的深盼、優秀的暗影，愛與恨，在他心底劃下的傷痕。不是在第一志願名校裡相逢的我們，也有昂然挺立的尊嚴與自信。真心實意，理解的光亮。

阿文

像個被安置在教室裡的局外人，他宛如小學低年級生的程度，和高一課堂的教學格格不入。

他叫阿文。矮矮胖胖，白嫩透紅的臉蛋圓嘟嘟，看起來忠厚憨實，沒什麼煩惱的樣子。

新生訓練日。他穿著國中制服：短袖襯衫規矩地紮進及膝短褲裡，揹著水壺，提著提袋，不時在我身邊晃來走去。我問他：有什麼事嗎？他搖頭傻笑，靦腆地像路過正要走開的他人。隨後又在幾步之外，不斷觀察注意我。第二日，他終於說出原委：他怕迷路，怕一走遠一閃神，就認不出班上在大禮堂的位置。「我在記老師的樣子。我爸說，要跟著老師，不可以亂跑。」

團體中，阿文很快被辨識出來。開學第一週，英文老師便發現，阿文連二十六個英文字母都認不全。他隨同學一起翻開課本，兩眼放空呆坐著。像個被安置在教室裡的局外人，他宛如小學低年級生的程度，和高一課堂的教學格格不入。

上課時精神不振，永遠處在狀況外，似乎是阿文各科的普遍狀況。該寫的作業，該交的報告，該考的測驗，他學不來也不積極，什麼都不會也不擔心。憨憨慢慢，無關緊要。

課堂參與度差，存在感低。同學眼中，他的學習障礙是一種特權，是他又笨又懶的藉口。拉低平均，只等著中午吃飯，上課常打瞌睡、趴著睡覺，東西永遠忘了帶，不寫功課、老是缺交……「來學校做什麼！真的很誇張耶！」

同班女生看不慣，私下叨叨唸唸，有幾個多嘴愛鬧的男生，卻沒那麼委婉客氣，他們鄙夷不屑，明著嘲弄，拐彎譏諷，「國家認證的白癡！」

阿文的人際處境艱難，他似乎沒有朋友。幾次私下找他，試圖了解他和同學相處的情形，任憑我怎麼問，他都沒什麼反應，不吭聲，怔忤著。

怕他被欺負，但他整體的表現實在不好。大家並不覺得自己的言行有歧視之意，他們看不慣、覺得他混且不上道，憑什麼他可例外，有額外專屬的特權。

和一般生安置在一起的學習障礙生，如何分辨懶散和障礙的界線？是不能或是不為？長期失去自信心的自我否定，自我局限，的確容易讓阿文這樣的學生，產生不學習、學不來也無妨的消極心理。

我規定專屬於他的作業標準，未達成則要求他課餘時間找我報到，完成為止。我希望改變他的態度，協助他建立學習的動機和信心。我必須花課餘額外加倍的時間，一對一盯著他，督促他。

在一個班級四十人的課堂上，無法顧及他的特殊需要，一整天各科課程，他多半處於半擱置狀態。我忽然覺得，若他沒有自我提升的意識，不試著跨開步伐，累積所學、擴充能力，所謂的教育安置，亦是生命無意義的荒廢蹉跎。

被忽視習慣了。不習慣被管。他懶散拖延，漫不經心，我板起臉孔罵他：學不來是一回事，不想學是一回事！別把自己當笨蛋，那麼理所當然！

他像嚇了一跳，察覺我認真嚴肅的態度，不敢隨便應付，趕緊埋頭寫作業。

他很多國字不會寫，小聲問我，寫注音可以嗎？一小時寫不到三行字，他對著週記本發呆，說想不出要寫什麼。「想到什麼，寫什麼。」我鼓勵他，「國字不會，寫注音，畫畫也行。」

或許是情勢所逼，無法再逃躲於保護傘的小天地，阿文零學習的狀態，在壓力下，終於有些微改善。

他天天來找我，一件件緩慢看似沒什麼效率地補寫作業。債多不愁，前債未清，新債又至，到底要寫什麼，要從何償還起，他時常毫無頭緒，洩氣無力，坐在桌前發呆。我耐著性子，協助他逐一審視待完成的各科作業，每次一小範圍，讓他在我身邊完成。

慢慢彌補繳交作業，阿文似乎也在轉變中。他下課不時跑來辦公室，有時跟我聊幾句，有時我忙，瞥見他在旁邊，待命似地，等到上課鐘響才離開。

他和師長們開始有一些互動。大家起先對他下課便出現在辦公室感到好奇，漸漸了解他的情況後，常有老師主動關心他，打招呼或寒暄兩句，有人還請阿文吃東西。辦公室裡大家都對他很友善，若臨時有事，請他順便協助，他通常做得不錯，也獲得不少讚許。

可以想見，他在教室裡沒有友伴，才頻頻往老師的辦公室跑。但至少他在學校裡，已經有個較熟悉，願意親近的地方。

小老師或班級幹部到辦公室找我，阿文在旁邊，他們開始有一點點自然而然的互動。同學或多或少可以察覺，阿文縱然各方面都學不來，成績最差，他總默默地，無害於任何人。又何須針對他，畢竟阿文就是這個樣子。

有人罵阿文時，開始有為他挺身而出的正義之聲。輿論的風向轉為譴責那些調皮愛鬧的分子。

「學習障礙」是什麼？我上網蒐集一些簡易資料，包含它跟智力無關，是腦神經結構和功能的問題，使他們產生學習困難的現象⋯⋯。我將這些觀念傳遞給班上幾位比較懂事的學生，希望他們理解阿文先天的困擾，在班上能暗中從旁支持，適時給予協助。

阿文的狀況穩定下來，慢慢融入團體中。縱然學習上有許多不足，測驗成績低落，被當的科目在重補修後，多能過關。最後也順利取得畢業資格。

畢業典禮時，阿文的父母都來了。阿文的媽媽抱了一束花，說昨天特地載兒子去花店，買現成包好的花，兒子還不肯，非要一支支挑選，用他自己存的錢買……。她說得興高采烈，阿文卻顯得很不好意思。

「阿嬤最疼伊，不時煩惱伊讀袂畢業，多謝老師牽教照顧……。」阿文的媽媽熱切地說著。

看著阿文，想起他新生訓練時的模樣。我對他的擔心、掛念，或許是長久以來，和他的相處、互動比其他學生頻繁；我對他的要求，比各科老師嚴格許多，他偷懶不學，我也不讓他隨意打混過關。可喜的是他願意改變，努力配合，像他父親最初對他的叮嚀，要他記得「跟著老師」。

畢業後，阿文進入職場，在親戚的工廠裡工作。有次難得休假，他來學校找我，問他在工廠都做些什麼？他說，要轉螺帽、鎖螺絲，各種零件組裝……，一批批訂單不同，有些這樣，有些那樣……。他解釋得有模有樣，相當投入，像是要一口氣傳授給我所有步驟技巧的樣子。

看他眉飛色舞，開開心心跑來。我心想，所幸校園生活沒有給他帶來太多自棄自卑的陰影。我為他感到驕傲。記得他說，無論組裝什麼，他已經非常熟練，做得又快又好，「連老領班都稱讚呢！」

不洗澡的大男孩

眼前是個高中生大男孩了，開口規定他洗澡換衣，豈不是把他當幼兒園學童看待？

教室後方傳來一陣誇張笑聲，幾聲尖銳的慘叫混雜其中，作戲似地哭天搶地，眾人嘻笑打鬧中，依稀聽見抱怨哀嚎，「為什麼？怎麼那麼衰！」

「恭喜你抽中大獎：胡椒鹽吃到飽！」

「不，不！是雪花冰！哈哈哈……」說話那人是班上的綜藝咖，他故作深情看來卻是滿臉嘲弄，起音唱著：「雪欸，一片一片一片一片，拼出你我的緣分，我的愛因你而生，你的手摸出我的心疼……」裝腔作勢的誇張神韻，教室裡的人都笑翻了。

「喂喂喂，後面聊天的，有分寸一點！」在講桌前的我，正色制止。「老師，現在還是下課時間耶！」

我的目光掃過教室一圈，滿室歡笑中，唯獨他冷著臉。他當然聽出來了，眾人第一時間拿著新座位表，慶幸或怨嘆，拐彎抹角、設譬取喻，都是在說他、談他。該怎麼說呢？他姓張，他們便胡謅著，叫他蟑螂。他一靠近，便有人大呼小叫，「快！快！快！克蟑！」課餘時，一夥人總這麼鬧烘烘取笑。私下詢問時，他們卻說，「又沒有指名道姓！況且他真的很噁爛，怪人一個，全校誰不知道！」

十六、七歲的高中生，個個直白坦率，好惡分明。他們並沒有欺侮他的心眼，反倒頻頻申訴，「大家都很忍耐了，我們才是受害者，全班都被他霸凌假的！」

他一貫的神情，概括起來就是倔傲又慚忿吧！冷凝的臉色，睥睨周遭一切的目光，但又感覺那臉色目光加總而來的神情，有一股將噴發未噴發的怒火，當他的眼神低視著，不斷閃爍游移，發散出令人不寒而慄的磁場，有人說，他要「起乩」了，一時間靜了下來，大家都離得遠遠的，深怕惹怒他。

起乩是一個說法。他曾狂吼一聲，一把推倒桌子，讓大家嚇一跳；也曾在實習場邊被老師叨唸幾句後，猛地轉身跑開，驚動教官和師長分頭找人。在學校，他不跟任何人講話，對於師長同學的問話，也沉默不回應。他活在自己的世界裡，拒絕溝通互動。

當同學經過他身邊，紛紛擰著鼻子，做出閉氣的誇張表情，任課老師也抱怨，天氣又熱，他身上的酸味實在嗆鼻。他太長的頭髮，亂蓬蓬又黏答答，同學投訴著他習慣用筆尖搔抓頭皮，坐在他後面，桌面上常撒滿他一大片一大塊灰白夾雜的頭皮屑。而他穿來的制服或體育服，陳年積累成的髒汙汗垢，同學指證歷歷，說不信去看那一灘一圈的汙漬印痕，真的長霉發毛了呢！

找他到辦公室，想跟他聊聊最基本的個人衛生。我委婉而迂迴地問他，怕熱嗎？回家後都做些什麼？幾點吃飯、洗澡、睡覺？家裡誰洗衣服？他一如往常，一逕低頭、不吭聲。我只能好聲勸說，天氣熱，你們大男生汗又流得多，你頭髮也過長了，該去把頭髮理一理，比較清爽。但一時斟酌不好說出口的是，每天要洗澡，勤加洗頭並記得換洗衣物，總覺得眼前是個高中生大男孩了，也許輕輕一點他便明白了，開口規定他洗澡、洗頭、換洗衣服，豈不是把他當幼兒園學童看待？

不知道他究竟明不明白。彷彿是我一人的獨角戲，他沉默坐著，直到我說不下去，覺得說完了，讓他回去上課，他起身離開。其他老師看不下去，說他面無表情，活像行屍走肉，我根本是白費唇舌。

打電話跟他家長聯絡。打給爸爸。爸爸一聽是學校打來的，直說，我工作很忙，小孩的事我不知道啦！去找我太太講，都她在管！還不待我說上話，就急著中斷通話。

改撥電話給媽媽，媽媽倒是客氣有禮貌。像是許久沒和人間聯絡，在外太空漂流許久，突然接到我撥出的電話，還不待我開口，她便滔滔不絕傾訴自己心酸血淚的一生。

婆婆刻薄精明、老公愛打牌喝酒、她從年輕時就一個人撐著一家子，任勞任怨、做牛當馬，盼著小孩長大時，自己有享福的一天……，她的語速飛快，往事勾連成串，一股腦兒連綿不絕，沒有破口，無從打岔。

「張媽媽，張媽媽，張媽媽⋯⋯」我不得不打斷她。

「我注意到你兒子頭髮太長了，又容易流汗，是不是請張媽媽注意一下，協助提醒他注意清潔，也要定期換洗學校的制服⋯⋯」話還沒說完，竟像不小心勾動她的傷心處，她在電話那頭哽咽地哭起來。

一發不可收拾地。她不停哭，「嗚嗚，嗚嗚⋯⋯我能怎麼辦？」對談無法繼續，只能安慰她，別想太多，改日再談。

那男孩依然如故，全身上下飄散著油垢汗臭。輔導老師跟他晤談，他沒有抗拒，但也沒有願意改進配合的意思。

請他母親來學校談，看親師雙方該如何一起協助孩子。他母親說，她也沒辦法啊！兒子個性很倔，一回家就關在房裡，也不講話，問了話也不回答，太囉唆他會生氣，「他生氣起來，整個人抓狂暴走亂摔東西，很可怕！」他要不要出房門吃飯、要不要洗澡，只能隨他高興。「至少他也沒蹺課，也沒逃學，只是叛逆了一點，請老師多包涵！」

媽媽一再表示，自己也無能為力，也不想強行改變兒子，造成家庭失和。況且兒子也不是一整年不洗澡、洗頭、換洗衣服，只不過懶得天天洗，他從國小開始就這樣子了。同學若因此排擠他，請老師要主持公道，不然兒子太可憐了。

送走家長後，問題再度回到原點。我決定參考其他老師的建議，準備了洗髮精、吹風機，要他午休時間到辦公室洗頭。

他自然是不情願地，所幸也沒有大動作的激烈反彈。我在一旁看著他洗好頭、吹乾頭髮，他始終面無表情，也不正眼看我。我心想，至少初步髮垢、頭皮屑的怪狀改善了。

「這是畢業學長捐的二手校服，衣況還很新，和你體型也相符，你拿去替換吧！」他看了我一眼，接過那袋校服，一副無所謂的酷樣子。

有老師提醒我，還好他沒反抗，沒做出激進回應，「他有人權的，不能違反他個人意志，要求他來洗頭。」我聽傻了，也不敢再冒著傷害人權的風險。

一如他母親或其他老師說的，他洗不洗澡、洗不洗頭，那是他的自由，他長大了，有自主能力了，也該自行承擔選擇過後，他人的目光和評價，包括在同儕人際關係中生存。

我偶爾問他，要不要再來辦公室洗頭？有時也直接問他，昨天有洗澡嗎？他不置一詞，但也知道我始終關注他的儀容。

或許，是因為師者的身分，潛意識中，我期待自己成為改變他現況的那個人。但我能為他做些什麼呢？最終，我也才發現，在彼此相待的過程中，我能協助他的實在有限。如何找到那把開啟心房的鑰匙？不僅是他，也是我，仍在摸索中學習的課題。

怪怪女生的困局

她也強勢，吵架時，聲量大而蠻悍，難以分辨這一切因果關連，究竟是疾病或性格之故。

一開始她就是那種怪怪的女生。說不清，也很難歸類，言語、表情、動作，人際往來、互動反應，和她相處時，很快便能從其他人的神情裡，分別出她的與眾不同。不熟的人投以白眼，認識她的人明白表示不耐，叫她閉嘴。她也悍，大著嗓門嚷嚷討公道：憑什麼要我住口，我高興，這是我的自由，我偏要說！一夥人吵了起來，覺得她不可理喻，掃興瞪眼一哄而散。

每當大家圍聚著，說得正熱烈，她冷不防岔入，問：同學，你們在聊什麼？話題被打斷，眾人紛紛噤聲，冷臉覷著她，如趕野狗，不客氣地喊，「走開！沒你的事！」叫她不要偷聽，她偏賴著不走，「怎樣？咬我啊！」他們氣急敗壞，怎麼有人臉皮那麼厚，「簡直背後靈！陰魂不散！」

週記上，提及她的同學愈來愈多，關於她的各種怪情狀，成為眾人繪聲繪影仿擬散布的傳奇。聚談者輪番說著自己經歷、目睹或輾轉聽來，關於她的言行異狀，說得忘情哄鬧，毫無顧忌，也不管她在哪兒，是否聽見了。

一日，下課時間。走廊一角，約莫又是一群人說笑議論的氛圍，教室內突然傳出轟然巨響，課桌被推倒，抽屜裡的書本散落一地，她坐在椅上，低垂著頭，齊耳短髮披蓋雙頰，眼鏡滑落至鼻翼，目光發直瞪視地面，雙手僵直垂落，雙拳緊握，因使力而顫抖。教室裡外，大家都嚇呆了，遠遠地，有人喊：「你幹麼！」眾人防衛戒備，沒人敢靠近。

很快地，有人來通報。我匆匆趕到教室，詢問大致情況。她動也不動，僵直的身軀、目光和不自主顫動的雙拳，使她顯得可怕。猶如即將潰決的火山口，她體內正燃燒湧動著熔岩火球。上課鐘響，任課老師來了。我不停安撫她，提議她先跟我到辦公室。場面僵持，她冷凝的臉，唇色泛白發紫，我幾乎要擔憂她的癲癇病史，會不會這麼發作了。拉動她的手，說好說歹，終於在同學的協助下，攙扶她離開現場。

說來她的確怪。別班導師投訴，說運動會進場等候預演時，有三兩個男生指證歷歷，說被你們怪怪的女生騷擾，不幸的其中一人，私處還被她偷襲了。

當時找她來問，發生了什麼事？她語帶無辜，又似裝傻，「我看他們手上拿東西，看得很高興，好奇問他們在看什麼？」「你有動手碰到他們嗎？」她微低下頭，壓低聲量話音喃喃，「有……又沒怎麼樣！又不是故意的！不然讓他們摸回來！」

很難想像，她這樣十六歲的高中女生，對於兩性有別的認知，某部分還處在國小低年級的狀態。之後，輔導老師進一步詢問她，若是今天有男生邀約你，我們來互相認識對方的身體，你怎麼回應呢？她很高興地說，「太好了！終於有機會可以……」還一面做出搓手的動作。輔導老師覺得種種跡象非同小可，不提防，早晚會出事。

請家長到校。她母親看來憨厚樸實，鄉居婦人模樣，一見面，歉聲連連，不好意思，憨慢管教，給老師惹麻煩了。說著說著，淚眼汪汪，都是她一時不察，女兒幼時誤吃了阿公的降血壓藥，大概是傷到腦，國中時還發作癲癇症，兩眼翻白，師生也不清楚狀況，差點喪命⋯⋯。

她母親滔滔說著，她也觀察到孩子的確不太一樣，厭惡穿胸罩，一回家在客廳就急著扯開內衣釦，嫌當女生煩，有月經，胡嚷著要去變性，諸如此類的舉止言行，直白坦露毫無遮攔。媽媽當她只是小孩，一張嘴亂講話，沒個樣。全然沒有聯想到女兒青春期了，性徵已經成熟，若兩性觀念和身體自主意識跟不上腳步，可能將引發嚴重後果。

輔導老師建議，應該帶她去青少年身心科諮詢。她母親憂心忡忡問，有這個必要嗎？看診留下紀錄，別人會認為女兒頭殼壞掉、心理變態、精神有問題。

臨別前，她母親再三承諾，回去一定好好教小孩，男女授受不親，命她不要事事好奇、雞婆、白目、惹人生厭。這樁可大可小的性騷擾事件，算是告個段落。

校園日復一日的作息依然繼續。她就是怪，人際關係不佳，她也強勢，吵架時，聲量大而蠻悍，難以分辨這一切因果關連，究竟是疾病或性格之故。

當她熱中到辦公室，一聲不吭站在陌生男老師座位後，鬼鬼祟祟欺身挨近，屢屢讓男老師們嚇一跳；辦公室的師長，一見到她往哪位男老師身後靠攏，便出聲詢問、提醒她：有事嗎？沒事別來辦公室閒晃。

她上完廁所，屁股後的百褶裙塞進褲襪裡，沒拉出來，同學發現了，只顧著嘲笑，任她出糗，沒人願意提醒她。

她的性格、行為，點點滴滴形成她在群體中的人際困境，這次，她爆發了。

攙著她到辦公室，聯繫家長。

同學們私下嬉鬧地罵她、學她、取笑她，若嚴肅處置，可上綱至言語罷凌了。但說來她又愛瞎攪和，不甘示弱，平素嘴也壞，以一敵十，有來有往，是是非非真要論斷起來，亦不全然是受欺侮的角色。

她母親到校時，她的情緒已經平靜多了。目光神態恢復大半，但不管問她什麼，她都沉默不願回答。

我私下跟她母親說明方才情境，下一步該怎麼辦，如何協助她。人際的互動相處是一生學習的功課，同學們需要成長，她亦需調整和改變。老師縱然能從旁協助，介入調停同學間的紛擾，但個人形象的塑造和普遍觀感，卻得自行努力，才能贏得同儕的肯定認同。

她母親擔憂地問，女兒被排擠了嗎？受人欺侮了嗎？又喃喃複誦，都是自己的錯，當年讓幼女誤食了阿公的降血壓藥，女兒沒什麼心眼，還很幼稚，像個小孩不懂人際互動⋯⋯。說著說著，又是淚眼朦朧，「操不完的心，該怎麼辦哪！」

後來，我時常想起她母親訴說的情狀。她如何反覆提及女兒誤食降血壓藥這憾事，將一切罪責根源，歸咎在自己身上。她屢屢懊悔而無助地流淚。

真實人生，不是戲劇，少有大悲大喜的奇幻轉折。一切沒有變好，彷彿也沒有更糟。像大多數人的學生時期，即使是團體的邊緣人，依然順著行事曆功課表，日復日過活。怪怪女生終究畢業了。歷來種種，她那不知該歸因何處的困局，像個問號，不時伴著她母親的淚眼，浮現在我腦海。

他的課本、試卷下就墊著繪圖紙本，上課時他幾乎隨時都在畫，「而且畫得很A，都是爆乳女僕！」

動漫男孩

他突然出現在我身後，喊我：「老師！」我嚇了一跳，毫無心理準備，脫口而出：「怎麼是你？」

該怎麼說呢？過了這岔開軌道，失聯的兩、三年了，猛然瞧見，竟有餘悸猶存的惶然驚心。我像一時間猝不及防，被看穿了心思。他問我，「驚訝嗎？」笑笑的眉眼神情，透著一絲陰邪詭異，神韻氣場，依稀彷彿是當年讓人不由得心裡發毛的感覺。

回過神，我也笑。問他：「怎麼想到回學校？」

他說：「我媽看我整天窩在家玩線上遊戲，受不了啦，強逼我出門！」

「不用上課嗎？」我試圖拼湊線索。

「考完統測，六月初畢業啦！現在沒事做都在家！」他談話的興致很好，聽起來對於我或者回憶，並沒有芥蒂嫌隙。

我稍稍放了心。時間會改變許多事情吧，不知道在他離開這所學校之後，發生了什麼，眼前的他又改變了多少。我心裡納悶他為什麼會回來，畢竟這是他當年多想逃開的地方。我記得的，他為了顯示決心，冷峻而嚴酷地鄙夷乜視全世界，仇敵也似地不肯正眼看任何人、應答任何話——包括我。

沒有人知道究竟發生了什麼。他胸口憤懣燃燒的火焰，不知從何而來。剛入學的高一新生，人人不都是戰戰兢兢、興高采烈，期待拓展新的人際圈？在彼此都還不相熟的時候，名字與面龐都是嶄新而模糊的。不知什麼因由，也摸不著頭緒，他漸漸變得突出，好似內裡有一隻狂野的猛獸，時隱時顯左右著陰晴。

他內向、拘謹、鬱鬱寡言。總是太長的亂髮，蓬蓬罩住額頭，鬍渣芝麻籽般冒出頭了，大抵是不修邊幅的宅男形象。我提醒他：該去理髮了，鬍子也要修一修。他一貫低著頭，沒有回話。幾個禮拜過去了，我打電話給他母親，他母親卻說：「老師，會不會我兒子有什麼心事？」

他的家庭狀況正常，父親是市府員工，母親是工廠裡的會計。他母親說，孩子國一時功課不錯，但後來不知怎地，性情變得有點古怪，「我還真擔心他會突然做出什麼事情來……。」

我聽了心裡暗驚，「這麼嚴重？」想多了解一些，卻感覺電話那頭的態度，變得防備保留，隱隱聽見話筒旁的男聲壓低音量，「說這個幹麼！」

他熱中動漫，鄰座的同學說，他的課本、試卷下就墊著繪圖紙本，上課時他幾乎隨時都在畫，「而且畫得很A，都是爆乳女僕！」

某次上課，他的行動被任課老師察覺了，老師叫了他的名字，要他把東西交到講桌上。他怔著、不動作。老師又喊他了幾次，他像沒聽見或裝著沒聽懂，氣氛始終僵持著。後座同學輕拍他的肩頭，他下意識啪地揮動手臂，瞬間回擊。老師上前問：「做什麼？」他目光偏斜，死死瞪視不明角落，胸口起伏呼吸急促，似是盛怒隱忍，隨時會失控噴發。

下課後，同學紛紛跑來投訴，說他有病嗎？老師不過是要他上課專心而已，有必要反應那麼激烈嗎？還打同學！

找他來談。他來了。看不出表情，不辯解不反駁，悶不吭聲，低頭著，眼神發直，表情冷酷僵硬，全身發散著刺棘不馴的怒意。

他拒絕溝通，情緒在失控邊緣。打電話給他母親，她說，「唉，老師，他就是這樣！他的東西別人都碰不得，有次我翻動他房間桌面，嘮叨他幾句，他整個人抓狂暴走，他爸爸介入制止，兩個人動作都很激烈，還打起來……」她的語氣中充滿無奈，央求老師多包容諒解，「能不記警告嗎？他絕對沒惡意……」說著說著，聲音都哽咽了。

事件過後不久，開始頻繁地接到他父親的電話。那通常是早上七點多，電話那頭說孩子人不舒服，要先幫他請個假。有時請假一天，有時請兩節課或者上午。詢問是怎麼了，都說頭痛。通話簡短，僅是出於禮貌與程序的報備。同學耳語推測：他一定是裝病，因為不想上某某老師的課程，「不覺得他固定某幾天一定請假嗎？」

後來，他一早缺席的情形愈來愈嚴重。每日打電話幫孩子請假，家長或許也煩，或者不好意思。常常他就處在失聯不明的狀態，出動導師及校方人員聯繫家長，追蹤去向。聯繫的結果，父母去上班了，他自己在家。有時聯繫上他父親，有時是他母親，他們都說，沒辦法，兒子拗著不肯出門，連房門都不肯踏出一步，「我們夫妻上班都快來不及了，沒時間跟他耗，只好隨他的意。」

於此同時，我批改了他先前繳交的作文。那是個尋常的題目，後悔。我先是驚訝於他的字跡如蟻群密密麻麻，每直行正方格排列擠上兩、三個字，再者被洋洋灑灑的內容震懾。娓娓道來的氛圍說著一個故事，如一段回憶犯案過程的冷靜自白，鉅細靡遺、直白坦露，完全沒有閃躲的意思。內容說著他在某個暑假寄宿北部阿姨家，百無聊賴中的一日，先是騎腳踏車去租書店看A漫耗時間。晚上下了傾盆大雨，他冒雨騎回阿姨家，全身濕漉漉，洗了熱水澡，在黑暗的房間內，一邊欣賞新買的漫畫，一邊興奮自慰。黑暗中，阿姨讀幼稚園的女兒不知何時出現在房裡，站在黑暗的一角看著他，他朝她招招手，要她過來……。

就作品而言，讀來聳動驚心。但一般人不這麼寫學校作文的，他會這麼寫、敢這麼寫，究竟是出於對我這個批改者的信任，或者試探？在閱讀創作的真實與虛構裡，究竟要將此視為獨立作品，或是一發掘探索他多面向心理的線索？

最終，他母親幫他來校辦了休學手續。她說，這陣子讓他休息，看他自己是否能調整心態。他整天都在房裡畫動漫人物，也許明年勸他報名私校設計科。如今也只能這樣打算。

這麼過了兩、三年，他出現了。神色輕鬆，說自己剛畢業。他果真進入一所私校設計科，重讀高一。他說，學的東西根本和他想像的不一樣，他以為是整天很快樂地畫畫，沒想到上的課很無趣，簡直痛苦。

他好似忘了過去在這所學校裡的那個自己，忘了那時狂暴、彆扭，與全世界敵對拉扯的曾經。無法理解的混沌濛昧，躁動莫名，他時如烈焰，時如死灰的性情，都過去了嗎？

他離去前，我記起當年和他家長聯繫的紀錄，厚厚十數張一疊，連同他的作文，就在櫥櫃深處，像歲月走過的摺痕。

我們是事發現場被留下來的人，驚魂未定，心被掏空了，靈魂懸著晃著，感受到命運無常……

孩子的病

是真的。江湖走老，膽子走小。遇事漸多，愈明白繁花盛開處，朗朗光景也可能暗藏潮霉腐朽的威脅；在日復一日稀鬆平常的作息裡，無常異變的掠奪有時毫無徵兆，凶猛迅急，令人猝不及防。

江湖傳言日多，殷鑑不遠。那個誰誰誰，就是如此這般，結果這樣那樣。嗚呼哀哉，豈可不慎乎？事例林林總總，多半指向課室管理和班級經營，師者務求眼觀四面、耳聽八方，隨時關注學生的身心狀態，不可輕忽任一可能需緊急介入的時機。

上課時，若學生趴著，務必要再三再四、不厭其煩請他抬起頭來。發現學生睡著了，中斷課程，也要叫醒他為止。「上課不准睡覺」，求的不是師道之尊嚴，而是萬一學生不明原因於睡夢中昏迷，至少還有搶救的契機。

還記得那是早上的第二節課，右邊第一排中段靠窗的女孩，微側著臉，身軀趴伏在桌面，握在手上的筆不動了。課程中，她確實閉著眼睛，幾分鐘了，都沒睜開。如同往常，她喜歡趴著上課，聽著聽著，不知不覺睡著了。

我走經她身旁，輕拍她的肩膀示意。通常這時，她也該扭扭脖子，無意識挪動手臂，或動動筆。鄰座的同學有人搖動手臂，有人拍她的肩。但她昏昏昧昧，毫無動作反應。

或者卻是昏迷了？念頭一出，我心底暗驚，趕忙請學生去健康中心通報校護。扶托著她的臉，我和兩、三個同學監測她的呼吸心跳，持續給予聽覺和觸覺刺激。隨即校護來了、校園傳來救護車的嗚笛聲、她在救護人員的護送下被挪上擔架床載往醫院救治。

像夢一樣，轟轟嗡嗡，一群人簇擁而來又哄然而散。幾個女孩慌急得哭了。

我的課上到一半，下課鐘還沒響，我安慰學生們，她會平安的。我們是事發現場被留下來的人，驚魂未定，心被掏空了，靈魂懸著晃著，感受到命運無常，茫然不知所依。

上完課，我去醫院了解狀況。「若是遲了一步，恐怕……」女孩的母親哽咽說著，成串淚水從眼眶中嘩然崩落。「都是我不好……」她低頭喃喃自語，話音模糊似在懺悔告解。

原來，女孩自國小三年級開始，被診斷為第一型糖尿病，每日必須量測、控制血糖，施打胰島素針劑。歷經無數次突發狀況，急診、住院治療，她的求學生涯始終有著疾病的陰影。缺課時間多，和同儕的日常互動片面而斷續。並非被排擠，也沒有人欺負她，只是她隱隱覺得疾病讓她和他們的世界有了難以跨越的鴻溝。不能做與必須做的事，化為她心底無形的壓力，她活在病童的禮遇和標籤下，抑鬱不樂。

或許是青春期叛逆的關係，她上高中前拒絕再打針回診，說，「會死的話，死了算了！」她絕口不提自己的病，在新生健康調查表單上隱瞞病史。無人得知，她看來嗜睡、昏沉、懶散，其實是涉險游走於意識危墜的鋼索之上，瀕臨生死之界，一不留神或者救不回來了。

也曾聽過一個救不回來的故事。那男孩學習意願低落，課堂上十之八九都在補眠。老師叫醒他沒幾分鐘，他又開始睡；下課時，若同學太吵，吵醒他，他還會拍桌罵人發飆。他想睡就睡，也不礙著誰。他就是那樣子的人，大家都習慣了。

事發那天他不知是從哪時候開始睡的，第四節外堂課，要到音樂教室上課。值日生吆喝著大夥兒，要鎖門了，他卻還趴著不動作！叫了他幾聲，他沒應答。上課鐘響，值日生索性將他留置教室，鎖了門。音樂老師命班長回教室叫人，這一叫不得了，他不知何時已沒了呼吸心跳了。

究竟什麼因由，眾人都不清楚。消息傳來傳去，卻說或許他平日嗜睡反映了腦部早有症狀，應該有所警覺，就診檢查。一個年少的生命無端消亡，最終連魂斷的時間點都不太肯定。家長質疑：我兒子上課睡覺，為什麼老師沒把他叫起來！若是叫他，他或許不會死！

意外如影隨形，孩子的病或顯或隱，師長要掌控風險，依據經驗給予學生和家長適時的建議。但有時家長諱疾忌醫，或另有顧慮，直覺而充滿戒心的自我防衛反應就是：我小孩沒病，他沒問題！老師您多慮了，我的孩子，我最清楚。

週記裡，女孩寫了許多人生灰暗、了無生意的文字。她對於家庭、成長的感受，批判犀利，字裡行間，滿是痛苦和矛盾。輔導老師和她晤談多次，也跟家長說明聯繫，建議轉介孩子到青少年身心門診進行診療諮詢。

家長的反應相當激烈，「供她上學、有吃有穿，她有什麼憂鬱症？」怪罪孩子叛逆、不知感恩、四處宣揚家醜。孩子的身心病兆，往往其來有自，原生家庭的狀況百出，要正視孩子的病，又是何等困難的事。

有個男孩平日活潑，頑皮好動。一日，體育課全班例行跑操場兩圈時，突然臉色發白，暈倒了。同學攙扶他到健康中心休息，聯繫家長。一問之下，赫然發現男孩曾檢查出心臟問題，醫師叮囑不宜進行太激烈的戶外運動。

運動會班際選手推舉時，男孩自告奮勇報名大隊接力。私下找他商談，安全起見，擔心他的身體無法負荷。男孩好勝心強，笑笑說沒問題啦，他一定要參賽。賽前幾週，他和同學積極練習，士氣相當高昂。

一日晚間，他母親突然打電話來，說孩子最近回家，人都很疲累不舒服。先前不是才暈倒？為什麼還讓他參加運動會！

家長當然知道兒子有強烈意願，拗不過孩子，卻希望老師處理，禁止他參賽。隔日，男孩和他的死黨一早便來商量，希望能在瞞著家長的情況下，偷偷讓他參加。

比賽將屆，選手名單早已送出。但家長有顧慮，也確實有風險，經過一番商議協調後，更換了候補選手上場。男孩先是忿忿不平，怨怪家長小題大作，繼之神情落寞，認為老師不通人情。他覺得自己有能耐，為何不給他機會試試看？

不是醫者，更非上帝。做為一名師者，在疾病與意外，日常無處不在的威脅裡，年復一年看顧著學生，看他們入學，目送他們離校。所謂江湖走老，膽子走小，無非更明白平安是福的道理。不管孩子的學習成就如何，那是最要緊的事了。

送行

目送學生步出中學校園……怎料師生再度聚首之期，會是天人相隔，淚眼婆娑的場合？

那是個神思恍惚的週日早晨。為了赴約，思緒翻騰輾轉，整夜不能睡。

事實上，自從接到魏打來電話的那一刻起，我便陷入了不可置信的冷鬱深海裡。幾次翻查手機通訊錄，強烈地想撥出電話，給曾經共同相識的人，確認這是真的嗎？卻屢屢在行動前一秒斷然停手。我想回撥電話給魏，問清更多前因後果、來龍去脈，想知道更多細節，讓一切合理化，卻又莫名膽怯，不知如何啟齒。

魏和她高一是同班好友，高二分組又一起來到我班上，高中畢業，魏負笈新竹，她留在台北，這樣過了快兩年，第一次同學會都還沒籌辦，沒想到魏卻傳來這樣的訊息。她說：老師，小不點過世了……。

大家叫她小不點。她個子矮，性情單純大方，理著一頭小男生短髮，像個可愛的小學生。她說話很大聲，總是蹦蹦跳跳，喜歡打籃球，每次體育課後看見她，必定臉蛋酡紅，滿身是汗。在社會組純女生的班級成員裡，她明快爽朗，人緣極好。

到辦公室找我，人還沒到定位，便性急地如連珠砲，霹靂啪啦直嚷嚷。我坐著，她喜歡順勢拍搭我的肩膀，一副「Hey, man」似的兄弟豪情。我抬眼看她，要她放尊重點，她隨即低聲怯怯，老大，別瞪我……悄悄拉牽我的手臂衣料，哭腔求饒。一而再、再而三，這戲碼不時上演。若她沒大沒小，直言快語、口無遮攔，朝她瞥一眼，她驟然噤聲住嘴，姿態軟黏如泥，老大老大央喊著。像個無知的孩子，讓人不捨得對她發怒。

親師座談會前，她母親來辦公室找我。

她說，女兒喜歡這個新班級，喜歡老師。女兒回家時像隻小麻雀，兜著她，跟前跟後，口沫橫飛。滿滿的快樂，說不完的新鮮事，開口閉口盡是我們班、我們老師如何又如何，說得活靈活現，說什麼老師連垃圾桶都會掀開蓋子一一檢查呢。

她說希望我幫忙。這是不情之請。猶豫許久，不知道該不該說。為人父母，就怕孩子被貼上標籤，受到傷害。國中時有不好的經驗，好不容易上了高中，一切重新來過，女兒說現在每天都很開心，不希望學校任何人知道她的狀況。她掙扎考慮許久，決定瞞著女兒，來找老師。

我懸著心，聽她千頭萬緒，不知從何說起的矛盾不安。我寬慰安撫著她，她說到感慨處，聲音哽咽，眼角滲出淚花。「看她每天過得快樂，心裡很安慰。她有遺傳疾病，血液有問題，國小時發病過，休學一年，命是搶回來的。我們也不求她成績好，看她自己讀到三更半夜，擔心她身體受不了，叫她早點睡，她又不聽……。」

在她訴說的神情裡，盡是人母卑微而虔誠的祈求：希望孩子快樂、健康。生下患病的孩子，內心該有多自責、煎熬？要讓孩子和眾人一樣，無差別、無禁忌地成長，又需付出多少苦心呵護與陪伴？

我能理解她愛女心切的複雜心情。我對她承諾，會好好看顧她的孩子。當時情景我還記得真切，怎麼好不容易看顧著小不點撐過大考，順利錄取大學，平安畢業，再傳來的消息，竟是令人不忍聽聞的噩耗？

魏在電話中說，小不點原先是感冒，可能又因期末考，趕報告熬夜讀書，發燒急診。她住院時，幾個要好的高中同學一起去探望她，還說了話。沒想到那竟是此生最後一面了。

看著手機裡小不點的電話號碼，看著她昔日傳來的照片：各式活動比賽時，她拉著我，興高采烈說，我們來自拍！我學她雙手托著臉蛋，做為一朵花，一顆紅蘋果。她教我一眼睜開，一眼微瞇著，噘嘴嘟唇、裝可愛做鬼臉。眾人面前，她永遠如此神采奕奕、活力充沛，讓人渾然不覺她仍處於需持續服藥，定期回診追蹤的狀態。

小不點的家人租了巴士，由魏和幾名熱心同學負責聯繫。魏說，大家會先在捷運站前集合，一起前往告別式會場。

如今想來，當年剛從校園畢業不久的我，雖然才經歷喪父之痛，心裡對於蜉蝣人世、生死無常的造化有許多感觸，但畢竟涉世未深。我完全沒有心理準備，不知道身為師者，究竟該如何面對學生的喪禮。

看顧了百千個晴雨晨昏相對的日子，離情依依，滿懷祝福，目送學生步出中學校園，邁向下一階段。怎料師生再度聚首之期，會是天人相隔，淚眼婆娑的場合？

滿懷心事赴約而來。捷運站外，畢業後不曾再見過面的學生甲乙丙，個個變得亮麗，或改換髮型，或裝扮下更趨成熟。青春可喜，久別重逢，我該熱絡歡欣，親切探問她們大學生活的近況，但當下我的心情太糟，只冷冷靜默於一旁。無法加入談話，沒有逐一招呼問候，總覺得此情此景，不適宜寒暄敘舊。

一群人等待著集合上車、入座，但這情境乖謬，迥異於兩年多前我們去墾丁畢業旅行、去基隆靶場打靶，那種「當我們同在一起」，郊遊也似的雀躍。我默默跟著人群上車，不發言叮嚀，不出面指揮，在這輛前往小不點告別式會場的巴士裡，安靜靠窗坐下。這時我再也不是她們，或任何人的老師，僅單純是我自己，孤獨回想著和小不點相處的那些片段。

隨眾人下車。在車流呼嘯來去的高架橋旁，一處禮儀公司專門租用為告別式場的房舍。在鐵椅上坐下，在司儀的執禮聲中起立、鞠躬。我在心底和小不點說話，靜默隱身在她的同儕裡，沒有驚動誰，也沒有上前向小不點的親族致意。

或許，說到底，我是不知道該如何用「小不點學校老師」的身分表達關心。做為她高中時的導師，面對死亡，我顯得慌亂、茫然，不知該如何自處。心裡某部分的我，始終抗拒著所謂安住身分的圓融、社會化。

當公祭結束，眾人在哀樂起奏聲中，坐上歸程巴士。魏協助小不點的阿姨發送麵包飲料給每個人，並向大家宣布，巴士會先開到火葬場，讓想送別最後一程的人下車，其他人在車上稍等。

當眾人紛紛下車，嚶嚶哭泣，我靜定坐著，沒有下車。當時的心念所由，紛紛亂亂，已然說不清。巴士裡外，日光暖熱刺眼。火葬場周邊，蟬鳴噪鬧，八方四面應和著來去間續的誦經梵唄，轟嗡貫耳。天藍樹綠。一派色澤鮮亮，夏日晴好的光景。

我第一次為學生送行。說來卻是個多有愧歉的故事。

後記

散文書寫最困難的部分，是面對自己。

如何拋下顧忌，無怨無悔把自己交付出去。如何不計目光毀譽，剜挖血肉淋漓的記憶。因為牽涉到愛與現實的人生，有個人隱私，有關係對應，有可說與不可說，可解與不可解的幽微。

不僅僅是創作。更多的成分是，我之為我的揭露。問題是，敢不敢，要不要，值不值得，這麼做。

這些年來，我常常問自己。

不是容易坦露自我的人。性格彆扭，慣於隱藏。每到要說要寫之際，總是多慮憂懼，矛盾掙扎。我常常在自我拆解中退縮，清楚看見自己的軟弱。

有時閃躲，有時果敢。書寫是一次又一次寫與不寫的辯證，是對抗怯懦內心的突圍。

開啟自己，誠實與心念對話。坦蕩無畏於書寫，一字一句開鑿光影。

書寫如果有意義，最大的意義，應該指向自己。做為抒發、釐清、療癒、救贖。為了遺忘或備忘。與過去和解或承諾將來。放下或放不下。妥協或爭辯。

寫下的字句，不管誰看見或不被看見，冥冥中會牽引出思索的力量，圓滿缺損的自己。

因為這麼相信著，縱有遲疑，而能鼓舞自己勇敢。

《親愛與星散》是從回望啟程的勇氣之書。是終於能處理多年來內在失親的悲痛，把漂流在時空中凌亂破碎的自己，一片片打撈起來。寫下字句，如同剪黏綴補。那是我一直想縫合告解，卻始終情怯迴避，意念盤旋再三，不敢直視的情感裂隙。

像是自我節制了大半輩子，終於找到安頓的角落，放聲大哭。任由情感溢流，寫的時候，讀的時候，感覺胸口熱漲，連呼吸都疼痛。不顧一切，肆無忌憚，潑灑著長時間積累的情感。感覺一切都太遲了，但相信大膽捧著心念追記一些，總有時光的意義，不會徒勞。

我對於親緣的感觸，很大一部分來自孩子。從少女時期走來，面對父親、母親、祖母相繼病故，成為孤女。抬頭看著星空，感覺暗夜蒼茫，長路漫漫，再也沒有至親長者在身後照拂，在前方指引。

成家後，有時在夫家的星系光譜中，回望沒有娘家的自己。

每夜睡前對孩子說故事，想到什麼說什麼，說我的童年，說他們的外公外婆，我早逝的雙親，那些留存在我記憶中，遙遠而家常的小事。

在每夜低聲訴說的情境裡，我開始搜索回想，不時添加編造，繪聲繪影說著各種以「媽媽小時候」為發語詞的外公外婆故事。

有次，不知道說了什麼，孩子撇過臉，背對我在黑暗中啜泣。我輕輕拍著他問，怎麼了？沒想到他說，我不想要媽媽死掉！我想要媽媽一直陪我！

還不滿五歲的孩子，竟能說出這麼揪心的話。那是二十來歲的我，在父母病榻前，始終不曾說出的依戀。

我在孩子的純淨眼眸中，重新看見自己。漸漸相信，情感可以藉由記憶傳遞下去，而書寫就是深情銘記的方式。

常常覺得自己對於「身分」這件事過敏。對於各種「身為……，所以……」的責任句式，有著莫名的過度焦慮。

考上教職，距今二十年的教學生涯，我一直在練習如何成為一名師者，不斷拿捏寬嚴分寸、轉換角色距離。

二十年間，對應關係的悔與悟。我寫下了幾個心裡始終掛念的身影。當他們早已離開校園，在各自的世界裡，長成大人模樣，我還記得他們當年少男少女，青春的樣子。我還記得那些日復一日、早修午休之際，青春的雷電暴雨，猜忌、眼淚、狂亂、與全世界為敵的不明所以。

除了相伴一段。生命的課題，從來沒有人可以代為作答。

我還記得那些傾聽與守護的片段，還記得相遇之際，不夠周全，不夠細膩，擺盪在亦師亦友邊界，為師不足，為友不足的自己。

我寫下這些。寫下對應於父母、子女、師生之間的自己。

混雜著膽怯與果敢，堅定與猶疑，我把這些日子以來的風雨陰晴，細細收攏在文字裡。謝謝有鹿文化許悔之社長第一時間給了我溫暖的肯定，責任編輯彥如費心為我設想安排，有鹿夥伴們給予協助建議，在這本書形成之前，他們接住了我惶然的心，給了我走向讀者的勇氣。

謝謝願意為這本書撰寫序文的郝譽翔老師。謝謝老師細膩精闢的解讀，溫柔知解的鼓勵。在序文深刻、微觀的凝視中，我彷彿看見了書寫當下的自己。明亮有時，晦暗有時。斑斕或斑駁都是時光的印記。不要害怕心念無所遁形。

謝謝為這本書撰寫推薦語，我敬重的老師們：汪詠黛、果子離、林文義、阿盛、唐毓麗、陳美桂、傅月庵、廖振富、蔡怡。他們在這本書出版前，贈予我的疼惜關懷，字字句句都深印在我心底，鼓舞我莫忘厚愛，持續前行。

謝謝願意為這本書具名推薦的作家前輩：王盛弘、石曉楓、向陽、吳鈞堯、陳栢青、廖玉蕙、蔣亞妮。他們一直都是我仰望著的文學偶像，我何其有幸，能獲得他們以聲名護持守望的祝福。

謝謝愛著我的家人親友，散文的書寫是永恆的對應，因為有著命運悲歡的底色，才有以記憶編織綿延的文字。

親愛與星散，一期一會。但願我們對於愛，都無愧悔。

親愛與星散

看世界的方法 217

作者——賴鈺婷

封面設計——朱　疋
內頁設計——吳佳璘
責任編輯——施彥如

社長——許悔之
總編輯——林煜幃
副總編輯——施彥如
美術主編——吳佳璘
主編——魏于婷
行政助理——陳芃妤

董事長——林明燕
副董事長——林良珀
藝術總監——黃寶萍
執行顧問——謝恩仁

策略顧問——黃惠美・郭旭原
郭思敏・郭孟君
顧問——施昇輝・林子敬
謝恩仁・林志隆
法律顧問——國際通商法律事務所
邵瓊慧律師

出版——有鹿文化事業有限公司｜台北市大安區信義路三段106號10樓之4
T. 02-2700-8388｜F. 02-2700-8178｜www.uniqueroute.com
M. service@uniqueroute.com

製版印刷——沐春行銷創意有限公司

總經銷——紅螞蟻圖書有限公司｜台北市內湖區舊宗路二段121巷19號
T. 02-2795-3656｜F. 02-2795-4100｜www.e-redant.com

ISBN——978-626-96552-2-9
初版——2022年11月
定價——380元

親愛與星散 / 賴鈺婷著 —初版・—臺北市：有鹿文化，2022.11・面；14.8×21公分—（看世界的方法；217）

ISBN 978-626-96552-2-9（平裝）　863.55 ………… 111015754